Le Visage masqué

Illustrations
de Pierre Brignaud

la courte échelle

Les éditions de la courte échelle inc.
5243, boul. Saint-Laurent
Montréal (Québec) H2T 1S4

Directrice de collection:
Annie Langlois

Révision des textes:
Lise Duquette

Conception graphique:
Elastik

Mise en pages:
Mardigrafe

Dépôt légal, 1er trimestre 2004
Bibliothèque nationale du Québec

La courte échelle reconnaît l'aide financière du gouvernement du Canada par l'entremise du Programme d'aide au développement de l'industrie de l'édition pour ses activités d'édition. La courte échelle est aussi inscrite au programme de subvention globale du Conseil des Arts du Canada et reçoit l'appui du gouvernement du Québec par l'intermédiaire de la SODEC.

La courte échelle bénéficie également du Programme de crédit d'impôt pour l'édition de livres — Gestion SODEC — du gouvernement du Québec.

Données de catalogage avant publication (Canada)

Sanschagrin, Joceline

Le Visage masqué

(Mon Roman; MR6)

ISBN 2-89021-651-9

I. Brignaud, Pierre. II. Titre. III. Collection.

PS8587.A373V57 2004 jC843'.54 C2003-941891-X
PS9587.A373V57 2004

Joceline Sanschagrin

Joceline Sanschagrin a étudié en lettres et en communications. Pendant plusieurs années, elle a été chroniqueuse et recherchiste pour la télévision et la radio, et elle a travaillé à l'émission 275-Allô, une tribune téléphonique pour les jeunes de 6 à 12 ans diffusée à la radio de Radio-Canada. Elle a aussi collaboré comme journaliste pigiste à des revues et journaux, et elle a fait du théâtre pour enfants dans les écoles.

À la courte échelle, Joceline Sanschagrin est l'auteure de la série Wondeur, publiée dans la collection Roman Jeunesse, dont plusieurs titres ont été traduits en chinois. L'excellence de son travail a souvent été soulignée, et plusieurs romans de la série Wondeur ont reçu le sceau d'argent du prix du livre M. Christie, entre autres *La fille aux cheveux rouges* qui a également été finaliste du prix du Gouverneur général du Canada.

Aujourd'hui, Joceline vit à la campagne où elle écrit, tout près de la forêt.

Pierre Brignaud

Né en France, Pierre Brignaud a commencé sa carrière comme designer en mécanique, avant de se diriger vers les arts graphiques. Aujourd'hui, il travaille beaucoup en publicité et pour des maisons d'édition. Pierre Brignaud a une grande passion pour la guitare et il en joue depuis plusieurs années. De plus, il déteste les parapluies et il aime porter des chapeaux de cow-boy. *Le Visage masqué* est le second roman qu'il illustre à la courte échelle.

De la même auteure, à la courte échelle

Collection Roman Jeunesse

Série Wondeur:
Atterrissage forcé
La fille aux cheveux rouges
Le karatéka
Mission audacieuse
Le cercle des magiciens
La marque du dragon
Le labyrinthe des rêves

Joceline Sanschagrin

Le Visage masqué

Illustrations
de Pierre Brignaud

la courte échelle

Chapitre I

Au dernier étage du plus haut des gratte-ciel, dans une ville d'Amérique qu'on ne peut nommer par mesure de sécurité, les services secrets du Web ont établi leur quartier général. Ces services s'appellent le W3S.

Les bureaux du W3S sont bondés d'ordinateurs sophistiqués ultra-puissants, tapissés d'écrans à cristaux liquides, sillonnés de câbles électriques.

Dans ces bureaux, il y a aussi des shérifs. Sans cheval ni pistolet. Juste des shérifs qui scrutent le cyberespace à la recherche de pirates informatiques. Des pirates habiles, vandales, casse-pieds, malfaisants.

Ce matin-là, les shérifs du W3S surveillent le Web comme d'habitude. Tout à coup, les ordinateurs du centre de contrôle émettent en chœur un signal de réception. Le même message s'affiche alors sur les écrans :

Ordre du Chefmestre : les shérifs doivent se rendre d'urgence à la salle de conférences.

Intrigués, les shérifs se consultent du regard. Ils confient la surveillance du Web à leurs seconds. Que peut vouloir le chef ?

Les fenêtres de la salle de conférences offrent une vue époustouflante sur la ville, mais le Chefmestre n'est pas d'humeur à lui accorder la moindre attention. Les mains croisées derrière le dos, l'homme d'âge mûr, barbu et de haute stature, fait les cent pas. Le Conseil des shérifs n'arrive pas assez vite.

Aussitôt dans la salle, les shérifs remarquent que le chef a sa tête des mauvais jours. Le dernier entré n'a pas refermé la porte que le Chefmestre explose :

— Ça ne peut plus durer ! tonne-t-il en frappant du poing la table.

La colère est froide, l'effet, surprenant. Les shérifs sont habitués aux sautes d'humeur de leur chef. Cependant, jamais ils ne l'ont vu s'emporter aussi rapidement.

Lugubre, le Chefmestre poursuit d'une traite :

— Le Visage masqué continue de s'infiltrer dans les jeux vidéo. Trente jeunes sont tombés malades cette semaine après que cette face hideuse est apparue sur l'écran de leur ordinateur.

Une vague de murmures incrédules parcourt l'assemblée.

Les shérifs du W3S connaissent l'existence du Visage masqué. Tous ont tenté de filer l'ignoble pirate. Malheureusement, tous ont échoué. Stupéfaits, les shérifs découvrent les conséquences de leur échec.

— Les jeunes atteints de ce que les médecins appellent le syndrome du VM deviennent profondément déprimés. Au point de refuser toute nourriture. Leur état de faiblesse est tel qu'on doit les hospitaliser... rapporte le chef.

La réunion tourne au cauchemar. Les shérifs sont atterrés. La voix de leur patron tremble d'indignation :

— La médecine peut alimenter ces jeunes avec du sérum... Elle ne connaît aucun remède qui puisse leur redonner l'envie de vivre.

Le Chefmestre exige des comptes, il ne s'embarrasse pas de précautions :

— Shérifs, j'attends vos explications.

Le silence pèse de plus en plus lourd dans la salle jusqu'à ce qu'une jeune recrue, candide, tente de cerner le problème :

— Chefmestre, les apparitions du Visage masqué sont imprévisibles et, d'une certaine façon, invisibles. Le pirate s'introduit dans la trame des images des jeux vidéo. Les joueurs n'ont pas conscience de sa présence.

L'énoncé de la difficulté laisse le chef de glace. Il s'obstine et insiste, martelant ses mots :

— Shérif, je veux savoir comment ce visage horrible peut apparaître. Je veux connaître le contenu du message qui coule de la bouche de ce pirate.

Au mot message, le shérif spécialiste en cryptographie se sent interpellé. De constitution délicate, il a l'air perdu dans sa combinaison quand il se lève pour prendre la parole.

Il ajuste d'abord ses lunettes sur le dessus de son nez :

— Chefmestre, j'ai étudié la question, procédé à des recherches. Personne n'a réussi à décoder le langage que le Visage masqué utilise. Étrangement, le message qu'il diffuse ne semble affecter que les jeunes.

Le chef fait la sourde oreille. Il se dirige vers une console d'ordinateur. Il tape quelques commandes sur le clavier avant d'annoncer, du défi dans la voix :

— J'ai enregistré une des apparitions du Visage masqué. Pour ceux et celles qui auraient besoin de se rafraîchir la mémoire, voici cette image, extraite de la trame vidéo…

Sur le mur, derrière le Chefmestre, un écran géant s'allume. Chacun des shérifs serre les mâchoires alors qu'une figure repoussante apparaît. Les yeux sont partiellement cachés par un masque de plastique jaunâtre qui filtre un regard proche de celui du serpent. Tronqué sous le nez, le masque rappelle l'équipement des gardiens de but au hockey. Le bas du visage est bleui, luisant d'une substance visqueuse. La chevelure est camouflée sous un passe-montagne de coton gris.

Le Chefmestre a choisi de présenter l'image en gros plan pour obtenir un maximum d'effet. Les shérifs n'ont jamais aperçu le Visage masqué d'aussi près et plusieurs ne peuvent s'empêcher de réagir :

— Ouache...

— Pouah...

— Quelle horreur...

La bouche du Visage masqué se tord en un rictus mauvais qui donne la chair de poule. Le pirate débite son message, incompréhensible. Sa voix grinçante, monocorde, coule dans les oreilles des shérifs comme une lave froide bourrée de tessons, couverte de pustules.

L'auditoire reste sous le coup de l'effroi de longues secondes après la disparition du visage à l'écran. La question du Chefmestre fait sursauter :

— Alors, shérifs, quelles mesures comptez-vous prendre pour arrêter le Visage masqué ?

Les shérifs chuchotent entre eux, se consultent, les discussions s'animent. Le Chefmestre croise les bras, patient. S'il se fie aux bribes de conversation qui lui parviennent, ses shérifs ne sont pas près de s'accorder.

Finalement, le shérif le plus ancien se lève. Son avis est toujours prisé des membres du W3S qui l'observent, espérant de lui une solution.

Grand, mince, le devant du crâne dégarni, l'homme a le teint terreux. Ce qui reste de sa chevelure châtaine tombe en boucles délicates sur sa nuque.

— Je t'écoute, Charles, invite le Chefmestre.

Charles aborde un sujet souvent débattu au Conseil. Il sait que son intervention déplaira au patron, aussi tente-t-il d'être convaincant :

— Chefmestre... Devant nos échecs répétés à capturer le Visage masqué, nous en arrivons à la conclusion suivante : une seule personne peut venir à bout du Visage masqué, une seule personne peut agir rapidement et c'est Sorce...

Le Chefmestre écarquille les yeux. C'est bien Charles, le doyen de ses shérifs, qui tient de tels propos ! ?? Voilà donc où en est rendue son équipe ! Elle désire confier son dossier le plus chaud à un individu qui appartient à la communauté cyberpunk ! Un hacker qui se prétend sorcier du piratage au point de signer ses intrusions du nom de Sorce !

Le chef rougit, sa pression artérielle monte. Son médecin lui a recommandé d'éviter de s'énerver, il inspire profondément. L'expiration qui s'ensuit le calme. Il déclare, d'un ton visant à décourager toute réplique :

— Je refuse de faire affaire avec Sorce. Il est accusé de piratage.

Les shérifs se taisent. Ceux qui croyaient inutile de proposer les services de Sorce se lancent des sourires entendus. Les autres abdiquent.

La mine renfrognée, le Chefmestre n'ajoute pas un mot. La réunion piétine. C'est alors qu'une jeune shérif indique qu'elle veut prendre la parole.

— Qu'as-tu à dire, Diamant ? s'informe le Chefmestre d'une voix soudain radoucie.

Les yeux des shérifs se posent sur la belle Diamant, spécialiste des jeux vidéo. S'il reste une dernière chance de persuader le chef, c'est bien elle.

Diamant se lève. Ses longs cheveux bruns et plats, taillés en frange carrée sur le devant, encadrent son visage mobile. Son regard noir traîne un rien de strabisme dans l'œil gauche comme chaque fois que la jeune femme est intimidée. Et chaque fois, le Chefmestre s'en attendrit.

La shérif s'adresse à l'assemblée avec son ardeur habituelle :

— Sorce n'est pas un pirate ordinaire. C'est le plus habile de tous les pirates et surtout le plus juste. Sa philosophie consiste à enseigner son savoir et à partager les connaissances.

Malgré sa ferveur, l'intervention soulève des murmures de désapprobation. Parmi les shérifs, la droiture de Sorce ne fait pas l'unanimité.

Le shérif spécialiste de la cryptographie est de l'avis de Diamant. Il entreprend de faire la preuve des vertus du pirate :

— Connaissez-vous le dernier exploit de Sorce ? demande-t-il au chef.

— Est-il si digne de mention ? s'informe ce dernier d'un air ennuyé.

— Sorce a détourné un million de dollars d'un site qui appartient à la mafia russe.

— Et alors ?

La question est ironique, mais le cryptographe ne se laisse pas impressionner. Il a d'autres arguments :

— Comme par enchantement, la moitié de cet argent s'est retrouvé au Zaïre dans les coffres d'un hôpital en construction…

Le Chefmestre semble intéressé.

— Et le reste du million ? demande-t-il.

Le cryptographe est embarrassé, l'air perdu dans sa combinaison. De l'index, il pousse fébrilement ses lunettes à la racine de son nez.

— Euh… ça… on ne sait pas au juste où il est passé, est-il obligé d'admettre.

— É-vi-dem-ment, laisse tomber le chef avec dédain.

Des rires nerveux fusent ici et là parmi l'assemblée. Charles plaide à nouveau en faveur de Sorce :

— Chefmestre, pour déjouer un pirate, il faut un autre pirate.

— Belle mentalité…

Charles connaît son patron de longue date et décèle dans cette dernière réponse une certaine hésitation. Il profite de la brèche :

— Mes informations révèlent que Sorce est déjà sur les traces du Visage masqué. S'il disposait de plus de moyens, il serait plus efficace…

Charles avait raison, le Chefmestre est ébranlé dans ses convictions. Pour cacher son trouble, il tourne le dos aux shérifs et se dirige avec lenteur vers les fenêtres panoramiques. Songeur, il contemple les nuages qui s'effilochent, enlaçant montagne et gratte-ciel. La croix de métal plantée à la cime du mont se découpe contre l'azur et veille sur la ville.

Le chef caresse distraitement sa barbe grisonnante :

— S'il fallait qu'on apprenne que le W3S finance un pirate…

Charles revient à la charge :

— Qui parle de rendre l'histoire publique ? Il n'en tient qu'à nous qu'elle reste secrète.

— Hummm… Je vois… Humm… délibère le patron.

Les mains derrière le dos, il se balance sur ses jambes. Puis il se tourne vers ses shérifs et les observe à tour de rôle d'un air soucieux.

Dans la salle de conférences, on entendrait une mouche voler. Les shérifs sont divisés à propos de l'honnêteté de Sorce. Par contre, ils sont unanimes à croire que le pirate est l'homme de la situation à cause de son habileté.

L'assemblée retient son souffle quand le Chefmestre annonce :

— Le Visage masqué doit être arrêté coûte que coûte... Si Sorce peut le mettre hors d'état de nuire...

Les shérifs jubilent devant la tournure des évènements, certains applaudissent. Leur joie s'avère cependant de courte durée quand leur patron ajoute :

— Shérifs, je veux Sorce devant moi demain matin. Débrouillez-vous comme vous voudrez.

Le Conseil reste bouche bée. Les pirates opèrent dans la clandestinité, ils ne se débusquent ni facilement ni en peu de temps. Leur chef le sait. Comment peut-il être aussi tyrannique ?

Impassible, le Chefmestre ajoute :

— Shérifs, je vous demande de garder secret ce qui s'est dit ici aujourd'hui.

Sous les regards réprobateurs de son équipe, il quitte la salle de conférences d'un pas pesant.

Des shérifs soupirent, d'autres lèvent les bras au ciel en signe d'exaspération. Les plus flegmatiques se grattent la tête. Les discussions reprennent.

Charles est livide quand il monte sur une chaise pour se faire entendre. Il appelle au calme, les shérifs finissent par se taire. Ils reconnaissent dans les propos de l'ancien la voix de la raison :

— Nous allons mettre en commun les informations dont nous disposons afin de localiser Sorce le plus rapidement possible.

Pressés d'agir, les shérifs retournent à leurs écrans. Dans la fenêtre de la salle de conférences, la croix du mont s'illumine, pâle, sur le soir qui descend.

Chapitre II

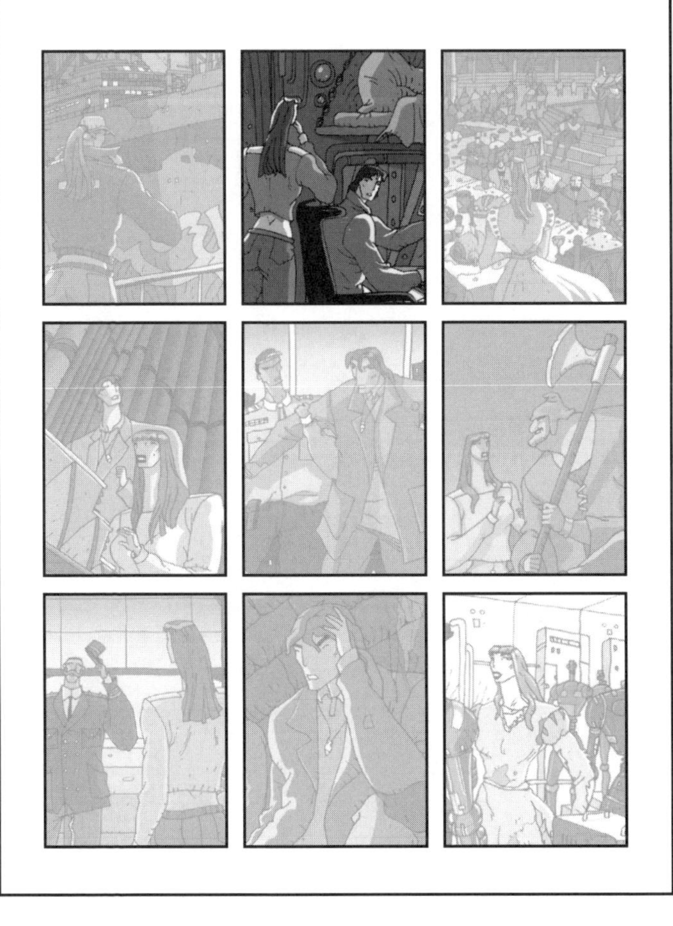

Au Centre de contrôle du W3S, les shérifs sont sur les dents. Les yeux rivés à leurs écrans, ils ingurgitent du café fort et passent le Web au peigne fin.

Selon les dernières nouvelles, un vandale cybernétique aurait pris le contrôle de plusieurs sites esclaves. On s'attend à ce qu'il lance une attaque massive pour paralyser Wall Street, le temple de la finance états-unienne, le cœur du capitalisme.

Tout à coup, la porte du Centre s'ouvre et claque. Des gardes en uniforme surgissent, entraînant un jeune homme bâillonné. Pieds et poings liés, le prisonnier se débat et donne du fil à retordre aux gardes qui tentent de le maîtriser.

L'effet de surprise passé, les shérifs devinent qu'ils sont en présence de Sorce. Curieux, ils délaissent un instant le vandale cybernétique et examinent celui qu'ils surnomment entre eux le Robin des bois du cyberespace.

Sorce est d'un type physique très métissé. Il a le teint foncé d'un Chicano et les yeux bleus d'un Slave. Ses pommettes hautes, son nez aquilin suggèrent des racines orientales. Il porte des jeans et un t-shirt blanc. Un tigre tatoué haut sur le bras dépasse d'une des manches ; la rondeur de ses biceps atteste qu'il s'entraîne régulièrement.

Mal à l'aise de voir le pirate attaché tel un malfaiteur, la plupart des shérifs ont tôt fait de baisser les yeux. Certains observent à la dérobée, d'autres se réfugient dans la surveillance du Web.

Charles, le doyen des shérifs, se précipite au-devant du service d'ordre et cherche à limiter les dégâts :

— Hé ! Doucement, les gars…

Il indique le bureau du Chefmestre où les gardes poussent le captif qui les invective à travers son bâillon :

— MMMPPPP !!!!… MMMPPP !!!…

La troupe entre, tapageuse, sans frapper. Le chef tressaute. Un des gardes lui explique, essoufflé :

— Nous avons dû l'emmener de force… Il refusait de collaborer…

Le Chefmestre saisit que ses agents ont fait du zèle et suivi ses ordres au pied de la lettre. Le résultat est déplorable.

— Détachez-le, ordonne-t-il au grand désarroi des gardiens.

— Euh… Sorce est ceinture noire de karaté. Il a mis trois de nos hommes hors de combat…

— Détachez-le, répète le Chefmestre.

Libéré de son bâillon, Sorce explose :

— Tonnerre de Web ! Je croyais le W3S civilisé ! Je vais porter plainte, vous ne vous en tirerez pas comme ça !

Le Chefmestre ignore protestations et menaces :

— Gardes, laissez-nous. Cet homme et moi avons à discuter.

Le pirate jette un regard à la fois victorieux et méprisant en direction de son escorte, de plus en plus perplexe. Il reprend sa redingote des mains d'un des gardes et l'endosse. La veste lui a été arrachée au cours de la bagarre. Elle a perdu plusieurs boutons, elle est déchirée.

— Faites ce que je vous dis et envoyez-moi Diamant, insiste le chef.

Les gardiens sortent à regret, en maugréant.

Le Chefmestre se tourne vers Sorce qui le toise, les bras croisés. Les deux hommes se dévisagent de longues secondes.

— Alors, c'est vous, Sorce...

Le pirate se tait.

Le Chefmestre comprend qu'il lui faut présenter des excuses ou, à tout le moins, justifier la conduite de ses gardes. Les deux possibilités lui déplaisent, mais discuter avec le pirate indigné serait encore plus détestable.

— Excusez ces manières, commence-t-il. La situation est urgente, nous n'avions pas le temps de...

— Aucune situation n'est assez urgente pour justifier qu'on m'emmène de force, coupe Sorce, très fier.

Et il tâte ses bras endoloris par la résistance qu'il a opposée.

Le Chefmestre abhorre la situation. Il n'a encore jamais été ainsi à la merci d'un hors-la-loi, dans la position de celui qui a tort. Il se jure que ça ne lui arrivera plus. Pour l'instant, il doit trouver le moyen d'obtenir la collaboration du pirate outré qui se tient devant lui. Il choisit d'aller droit au but :

— Sorce, mes shérifs m'ont convaincu que vous étiez le seul à pouvoir arrêter le Visage masqué. Le W3S a besoin de vos services.

— Je ne suis au service de personne, répond Sorce avec dédain.

Le Chefmestre caresse d'une main sa barbe grisonnante. Amener le pirate de force était la pire des stratégies pour attirer sa sympathie. Il faut maintenant l'amadouer :

— Je comprends que vous soyez furieux, Sorce... Mais si vous êtes à la hauteur de votre réputation, vous ne laisserez pas le Visage masqué miner le moral et la santé des jeunes. Mes shérifs m'ont appris que vous travaillez déjà sur le cas. Unissons nos forces pour mettre ce bandit en échec.

L'évocation des ressources du W3S fait rêver un instant le pirate dont la résistance faiblit.

En ce qui concerne la poursuite du Visage masqué, Sorce considère que les outils qu'il a développés sont les plus efficaces. Il est surtout content de son détecteur de sites à double fond. Cependant, la perspective de mettre son nez dans les affaires des Services secrets du Web est loin de lui déplaire. Il pourrait en tirer des informations précieuses, utiles lors de ses futures intrusions.

— Vos forces ! Celles des muscles de vos gardes... rétorque-t-il pour la forme.

— Nous disposons d'importants moyens techniques et financiers.

— Cela vous coûtera cher...

— J'en déduis que vous acceptez... risque le Chefmestre.

Les deux hommes se mesurent du regard.

Dans ce marché, Sorce n'a rien à perdre, le Chefmestre, beaucoup à gagner. L'argent n'intéresse pas le pirate. Ce qu'il veut, c'est la liberté de manœuvre. Or, depuis quelque temps, il se sent surveillé. Les autorités le convoqueraient bientôt devant les tribunaux qu'il ne serait pas surpris.

Sorce veut qu'on le laisse travailler en paix. C'est pourquoi il répond :

— J'accepte à la condition que vous détruisiez le dossier que vous avez sur mes activités de piratage.

Le Chefmestre inspire. Les narines de son nez se dilatent et trahissent sa grande contrariété. En aucun cas il ne consent à ce genre de marchandage, mais étant donné la gravité de la situation...

— Accordé, répond-il. Vous travaillerez avec un de nos experts. Il détruira ces preuves devant vous.

— Je préfère travailler seul.

Le Chefmestre est agacé, à un cheveu de perdre patience. Il se sent rougir, sa tension artérielle monte une fois de plus. Ce pirate est exigeant. Pas question de le laisser utiliser l'argent et l'équipement du W3S sans supervision.

Le chef opte pour la diplomatie :

— À deux, vous avancerez plus vite.

Il termine à peine sa phrase qu'on frappe. La porte du bureau s'entrouvre et Diamant paraît :

— Vous vouliez me voir…

— Sorce, je vous présente Diamant, la plus jeune de nos shérifs. Elle est spécialiste des jeux vidéo.

Diamant dépasse Sorce d'une tête. Elle plonge son regard noir qui dérive dans les yeux bleus du pirate. Elle lui tend la main :

— Contente de vous rencontrer, Sorce.

Le charme de Diamant agit aussitôt sur le jeune homme. Troublé par la lueur étrange des prunelles de la shérif, il perd sa réserve et, sans hésiter, il serre la main qu'on lui tend :

— Enchanté, Diamant.

Devant la scène, le Chefmestre reste dubitatif. Vient-il de commettre une deuxième erreur ? Présenter la jeune femme au pirate n'était peut-être pas une si bonne idée... Décidément, la journée est difficile. Qu'elle se termine au plus vite :

— Diamant, emmenez Sorce à notre centre de renseignements et détruisez son dossier. Ensuite, vous commencerez à travailler sur le cas du Visage masqué. Je sens que vous allez former une paire redoutable.

Diamant sourit. Elle incline la tête pour remercier son chef de la confiance qu'il vient de lui témoigner. Puis elle guide son partenaire :

— C'est tout droit, Sorce. Allez-y, je vous suis.

Alors que Sorce passe la porte, le Chefmestre prend Diamant en aparté :

— Diamant, soyez prudente. Fréquenter les pirates sur écran et les côtoyer dans la vie, c'est différent.

— Chefmestre, je sais que Sorce n'est pas mauvais.

— Il est rusé.

— Moi aussi.

Chapitre III

Sous la lueur blafarde des réverbères à gaz, Diamant cherche son chemin. Elle connaît mal ce quartier du port où Sorce lui a donné rendez-vous ; un quartier tricoté de culs-de-sac, de traverses et de ruelles.

La jeune femme regrette d'avoir refusé la proposition de Charles, le doyen des shérifs, qui voulait l'accompagner.

Il se fait tard, les eaux du fleuve exhalent d'épaisses nappes de brume. Dans le port, les entrepôts, les bureaux des armateurs sont fermés ; les grues, immobiles. Depuis qu'elle a emprunté la rue qui longe le fleuve, Diamant n'a rien vu bouger, à part des rats qui se faufilent.

«Drôle d'endroit pour habiter...»

Une pluie fine et serrée s'est mise à tomber. La shérif ajuste sa casquette, remonte le col de sa veste de cuir en frissonnant. Sorce lui a expliqué qu'elle devait repérer le hangar 23. Côté sud, elle trouverait le passage qui mène au cargo où il loge.

«Ah! ici...»

Diamant allume une lampe de poche. Elle s'engage dans une allée obscure qui descend le long du hangar, vers le fleuve. Ses pieds foulent bientôt un tapis de feuilles mouillées. Dessous, il y a du ciment.

La shérif avance maintenant sur un quai, elle entend clapoter l'eau. Fouillant le brouillard avec sa lampe, elle découvre une immense pièce de métal rivetée et rouillée, barbouillée d'algues séchées. Enfin, la proue d'un cargo.

La jeune femme longe la coque du bateau, prenant soin d'éviter les bittes d'amarrage. Un murmure admiratif lui échappe:

— Ça alors!

Diamant éclaire une scène hallucinante.

Au-dessus de la ligne de flottaison du cargo, tout le long de la coque, des tagueurs ont peint une fresque multicolore, quasi byzantine, ne laissant pas un millimètre de surface à nu. L'ouvrage est un chef-d'œuvre du genre et la shérif le contemple jusqu'à ce qu'elle bute contre la passerelle qui mène au pont du bateau.

— Ouch…

C'est alors qu'une porte de métal grince.

Diamant braque sa lampe en direction du bruit. Elle éclaire des poulies, des cordages, des hublots. Elle aperçoit Sorce qui surgit de la cabine du bateau, fanal au poing :

— De la soupe aux pois, cette brume… remarque-t-il en guise de salutations.

Et pour la première fois, le pirate sourit à Diamant.

L'homme que la shérif a devant elle n'est plus le hacker stressé et agressif rencontré au quartier général du W3S. Le sourire et l'accueil chaleureux du pirate prennent la jeune femme au dépourvu. Se rappelant les recommandations de prudence du Chefmestre, elle s'impose de rester sur ses gardes :

— Salut, Sorce. C'est au diable vert, chez vous...

Sorce est en plein travail :

— Vous arrivez juste à temps... Je suis en ligne, j'ai repéré un jeu infiltré par le Visage masqué. Entrez vite...

Il se coule dans la cabine de pilotage puis descend le long d'une échelle. Diamant le suit. Elle atterrit dans la cale du bateau presque vide où on a pris soin de tirer les rideaux des hublots. L'ameublement de la cale est réduit au minimum : un lit, une table et une chaise droite. La shérif ne peut s'empêcher de penser :

« Voilà donc comment vit Sorce... nourri de Web et d'eau fraîche... »

Dans la pénombre, plus loin au fond de la cale, l'écran d'un ordinateur luit. Diamant et Sorce s'en approchent. Côte à côte, ils observent et écoutent le Visage masqué qui vomit son message habituel.

La shérif ne comprend pas un traître mot de ce que raconte le bandit informatique. Pourtant, elle en a la chair de poule. Incapable de détourner le regard, elle est fascinée. S'infiltrer dans la trame des jeux vidéo représente un véritable tour de force. Tristement astucieux, le Visage masqué. Sorce le confirme :

— J'ai découvert que la voix est truffée d'infrasons.

— Des sons à basse fréquence… murmure Diamant, pensive.

Sorce ne mentionne pas qu'il soupçonne le bandit d'utiliser des techniques de lavage de cerveau en vogue chez certains services d'espionnage.

— Il me manque encore plusieurs données pour pouvoir cerner le Visage masqué. J'ignore quels sont ses motifs. Si au moins je pouvais décrypter son message… ajoute le pirate.

Diamant apporte des nouvelles fraîches des victimes :

— On recense seize nouveaux cas de syndrome du VM. Les jeunes tombent comme des mouches. Il faudrait presque interdire les jeux vidéo…

Préoccupée, elle surveille l'image du Visage masqué qui s'émiette puis se disperse à l'écran. Il laisse place au décor d'un jeu avec château médiéval, pont-levis et tours à créneaux. Un jeu tel qu'on en propose des centaines sur le Web.

Sorce s'installe à l'ordinateur et tape quelques commandes. Curieuse, Diamant en profite pour examiner le matériel informatique du pirate. À part une petite boîte de métal gris qui émet de drôles de bip-bip, l'équipement est standard. Surprenant.

— Qu'est-ce que c'est ? s'informe-t-elle en indiquant la boîte.

— Détecteur de double fond, une de mes inventions…

Diamant reste ébahie alors que Sorce coupe le courant du détecteur et poursuit :

— Cet appareil permet de repérer le Visage masqué qui opère uniquement à partir de sites à double fond.

« Incroyable, pense la shérif. Au W3S, le double fond fait figure d'hérésie. On n'y a jamais accordé le moindre crédit. Ce qui explique peut-être qu'on ne l'ait jamais trouvé… »

Diamant veut s'assurer qu'elle et Sorce parlent du même phénomène.

— Il s'agit de sites à deux niveaux, l'un

invisible d'où l'on peut mener en secret toutes sortes d'activités en toute impunité, dit-elle.

— Exactement. Le Visage masqué infiltre les jeux vidéo en leur construisant un double fond qu'il occupe ensuite.

La shérif est rêveuse. Elle se demande si d'autres théories également réfutées par le W3S, celles des sites cloutés et des sites résineux par exemple, ne seraient pas vraies, elles aussi…

Chose certaine, Sorce est à la hauteur de sa réputation. Non seulement connaît-il l'underground du cyberespace, mais il invente des outils pour y naviguer. Il y a beaucoup à apprendre de lui.

D'un ton plus grave, Sorce poursuit :

— Repérer le Visage masqué n'est pas suffisant. Il faut aussi le neutraliser.

Le pirate ouvre un des tiroirs du pupitre sur lequel est installé l'ordinateur. Il en sort une minuscule bille de cristal. Il l'introduit *délicatement* dans la souris. L'ordinateur émet aussitôt un signal que Diamant ne connaît pas.

— Cet instrument devrait nous permettre de percer la double épaisseur, explique Sorce.

Grâce à votre expertise, nous allons d'abord la localiser. À vous de jouer !

Sorce cède sa place à Diamant. Elle s'installe devant l'écran :

— Je sonde l'image en cliquant, un peu comme dans un jeu vidéo…

Sorce acquiesce d'un hochement de tête.

— Et… qu'est-ce qui apparaît quand je clique sur l'hyperlien qui mène au double fond ? s'informe Diamant.

Sorce se gratte la tête, perplexe :

— Hé bien… je n'en ai pas la moindre idée. Cet instrument n'a pas encore fait ses preuves, je viens de le mettre au point.

L'opération est au stade expérimental et la shérif s'y plie de bonne grâce.

Diamant connaît les hyperliens, ces zones clairement identifiées sur lesquelles on clique pour naviguer d'un site Web à un autre. L'hyperlien qu'elle cherche, par contre, est dissimulé.

La shérif saisit la souris et explore l'image qui se trouve à l'écran. Sorce regarde pardessus son épaule.

Diamant ouvre le jeu en cliquant sur le pont-levis. Il s'abaisse dans des grincements de chaînes rouillées puis s'abat sur le sol, soulevant un nuage de poussière :

— SCHTOUNG !

Un lézard s'échappe du château. Diamant le poursuit avec la souris :

— Il a l'air réel, ce lézard... Ahhh... fait-elle, dépitée.

L'animal s'est effacé avant qu'elle puisse cliquer dessus.

La spécialiste des jeux vidéo clique alors sur le drapeau du donjon principal. L'étendard affiche une tête de lion qui rugit.

— Imprévisible, ce jeu... marmonne la shérif. Voyons... voyons...

Et elle utilise la souris pour se glisser dans le château. Son entrée déclenche des bruits de pas sur dalles de pierre avec écho. L'image mène la joueuse à travers des corridors jusque dans une vaste salle ronde :

— Ho... une fête...

En effet, il y a fête au château. Une quinzaine de personnes, gentilshommes et gentes dames, écuyers et châtelain, sont attablées devant un festin. Ils s'empiffrent de faisans et de dindons sauvages. Les convives entrechoquent leurs gobelets d'étain débordant de vin et trinquent de bon cœur. Un écuyer en tunique orangée exécute des tours d'adresse. Il tient une large épée en équilibre sur son front.

Au bout de la table, des chevaliers soûls crachent, rotent et pètent en riant très fort. Un ménestrel joue du luth. Il chante une ballade que personne n'écoute.

Diamant analyse la scène. Elle clique sur le ménestrel :

— Tonk !

Mauvaise manœuvre... Elle clique sur le luth qui égrène un arpège de fausses notes. Autre mauvaise manœuvre.

Persévérante, Diamant pointe le Fou du roi. Le bouffon s'esclaffe, une bulle se dessine au-dessus de sa tête ; elle contient une énigme : « Qui suis-je ? Je fus demain, je serai hier. »

La shérif fait la moue, elle déteste les énigmes. Après réflexion, elle trouve cependant la réponse et l'inscrit dans la bulle : « Aujourd'hui. »

Une trompette retentit, un tableau de pointage se déroule : brrrtttt ! La joueuse a gagné vingt points.

— Diamant, le lézard revient…

L'animal arrive du coin gauche de l'écran. Diamant se hâte de glisser la souris vers le reptile et de cliquer dessus avant qu'il disparaisse. Le curseur atteint le lézard, mais l'opération ne donne aucun résultat.

La shérif remarque alors qu'une minuscule clé d'argent pend au cou du lézard. D'un doigt preste, elle clique sur la petite cl…

— AAAAAAHHHHHHH !!!!!!!

Un formidable vacuum tire aussitôt Diamant et Sorce vers le haut. Leurs cheveux se tiennent droits sur leur tête…

— ToNnErRe De WeB…

Le vacuum prend de la force. Apeurée, Diamant saisit la main du pirate. D'une voix déformée et ralentie, qu'elle jurerait doublée de celle du Visage masqué, elle réussit à articuler :

— JE… ME… SENS… AS… PI… RÉE…

Diamant regarde les yeux exorbités de Sorce. Le pirate est entraîné, lui aussi. Une peur panique s'empare de la jeune shérif. Tous les récits d'épouvante entendus à propos du Web dansent dans sa tête… Trou noir du cyberespace… Vortex des oubliettes d'un site abandonné… Typhon du Web…

Le souffle aspirateur s'intensifie. Diamant serre la main de Sorce et se sent basculer :

« À la grâce de Dieu… »

Ses pieds quittent le sol, la lumière disparaît, Diamant est emportée. Un vent mauvais siffle à ses oreilles :

— WOUUOUOUOUOUSHHH ! WOUUOUOUOUOUSHHH ! WOUUOUOUOUSHHH !

La shérif a l'impression d'être précipitée dans un entonnoir, de glisser le long d'un interminable couloir.

Courants d'air chaud, courants d'air froid, autour de Diamant l'atmosphère se liquéfie puis s'épaissit :

— WOUUOUOUOUSHHH…

Chapitre IV

Alors le vent se calme brusquement.

La shérif ouvre les yeux. Il fait froid, il fait sombre. Ça ruisselle d'humidité.

Diamant et Sorce sont adossés à une muraille de pierre, dans une salle basse éclairée par des flambeaux. Le corps aussi douloureux que s'ils avaient été piétinés par les sabots de mille chevaux, ils se tiennent toujours la main. Ils n'osent pas bouger.

Leurs yeux s'accommodent à la pénombre. Diamant serre les doigts de son compagnon et chuchote:

— Ça va, Sorce ?

— La tête me tourne... Qu'est-ce qui s'est passé ?

Diamant murmure la seule explication possible :

— Nous avons été aspirés quand j'ai cliqué sur l'hyperlien de la clé...

Sorce met un certain temps avant de répondre, sceptique :

— Aspirés par un hyperlien...

Le pirate fait quelques pas, examinant la place, se massant la nuque.

— Nous aurions percé le double fond du jeu vidéo, finit-il par marmonner du ton de celui qui essaie de se convaincre. On dirait une cave ancienne... Qu'est-ce qu'on entend ?

Diamant tend l'oreille et discerne l'entrechoquement de pièces de métal. Sur un des murs de pierre, elle voit danser des ombres. Elle et son camarade ont de la compagnie.

— Approchons, chuchote Sorce.

Prudents, ils avancent sur la pointe des pieds. La cave est basse et voûtée en certains endroits. Il leur faut prendre garde au plafond afin de ne pas s'y cogner la tête.

Abrités derrière de grosses colonnes de pierre, ils découvrent plusieurs écuyers qui se battent à l'épée. Étrangement, un de ces écuyers leur est familier, il porte un pourpoint orangé... pareil à celui de l'écuyer du jeu vidéo... l'écuyer qui tenait une épée en équilibre sur son front...

Diamant et Sorce se regardent, ébahis. Plus de doute possible : la cave où ils se trouvent est celle du château du jeu vidéo... L'instrument inventé par Sorce a bel et bien percé le double fond !

Ils sont *dans* le Web !!!

Cette nouvelle étourdissante suscite aussitôt une foule d'interrogations chez les deux acolytes. Le jeu présentait des créatures cybernétiques... Or ils ont devant eux des êtres qui semblent en chair et en os... Du virtuel à la réalité, comment la conversion s'est-elle opérée ?

Diamant et Sorce n'ont pas le loisir de réfléchir, encore moins de discuter. Ils sont tenus au silence pour ne pas se faire repérer. Sous leurs yeux, la bataille se poursuit, féroce. Les écuyers échangent des coups, ils se battent d'estoc et de taille comme si leur vie en dépendait.

D'un accord tacite, les deux compagnons reviennent sur leurs pas en prenant soin de ne pas attirer l'attention. Ils longent les murs humides. Cette cave se doit d'avoir une sortie et c'est ce qu'ils cherchent.

— PARRR LE DRRRAGON !!!

Le pirate et la shérif se figent, pétrifiés. La voix, tonitruante, a retenti tout près derrière eux. Les éclats de lame ont cessé. Les écuyers sont certainement ameutés.

— RRREGARDEZ QUI JE VIENS DE TRRROUVER EN TRRRAIN DE NOUS ESPIONNER ! claironne encore la voix.

Diamant et Sorce se retournent avec précaution. Ils aperçoivent un homme pansu vêtu d'un collant gris et d'un pourpoint brodé de la même couleur. Ils n'ont pas le temps de faire les présentations que les écuyers sont déjà sur place à les examiner, curieux.

— Une gente dame et un manant ! s'exclame l'un deux.

Il porte un bonnet rouge dont la pointe lui tombe drôlement sur le front. Il tient son épée à bout de bras.

— Point vêtus comme nous... poursuit l'écuyer au pourpoint orangé.

Les voyageurs se remettent à peine de leur surprise, ils ne savent sur quel pied danser. Ces gens jouent-ils ou sont-ils sérieux ?

— J'ai ouï dirrre que des prrrisonniers se sont échappés du donjon, raconte le plus court des écuyers.

Il est chauve, il a les oreilles en chou-fleur, poilues.

— Ils ont trrrop bonne mine pour venirrr de là, réfute l'écuyer orangé.

— Ils ne sont pas bavarrrds, remarque l'homme pansu qui les a découverts, s'approchant à quelques centimètres du nez de Sorce. Qu'est-ce que vous faites ici ? demande-t-il en le regardant droit dans les yeux.

La forte haleine d'ail et la question prennent le pirate au dépourvu. Il exprime la première idée qui lui passe par la tête :

— Euh... Nous sommes perdus...

Et il le regrette aussitôt. Son explication fait des gorges chaudes parmi les gens du château qui s'esclaffent en chœur :

— Perrrdus ! Ils se sont perrrdus dans les souterrrrrains du château !

Le groupe d'écuyers rit encore plus fort. Certains se tapent les cuisses, d'autres se tiennent la bedaine.

Pendant ce temps, chacun pour soi, les deux complices tentent d'évaluer la situation. Ces hommes ont beau s'étouffer de rire, ils restent armés, donc possiblement dangereux. Aucun risque à prendre.

L'attention de Sorce est alors attirée par un phénomène physique insolite qui l'amène à surveiller l'écuyer pansu. Il jurerait que, dans un certain angle et sous une certaine lumière, les contours de la silhouette de l'homme scintillent... Étrange.

Le pirate ferme un œil pour ajuster sa vue. L'effet de scintillement disparaît.

« Illusion d'optique causée par les flambeaux... » suppose-t-il.

Tandis que les gloussements des écuyers s'apaisent, Diamant cherche un moyen de se débarrasser de ces hommes. Elle décide de jouer quitte ou double en misant sur ses talents de comédienne et sur la crédulité de ses interlocuteurs :

— Messieurs, je suis très fatiguée, nous venons de loin. Je vous saurais gré de nous mener au châtelain, demande-t-elle poliment et avec une certaine autorité.

Nouveaux éclats de rire, l'intervention est ratée. L'écuyer au bonnet rétorque :

— Le châtelain ! Rrrien de moins ! Il n'est point là, le châtelain. Il est parrrti à la chasse.

— Et si on les menait à la châtelaine, ça la désennuierrrrrrait, propose l'écuyer vêtu d'orangé.

Les autres se renfrognent.

— À mon avis, ce n'est pas prrrudent. Ce sont peut-êtrrre des infidèles, reprend l'écuyer au bonnet.

Le pansu tonitruant décide pour les autres :

— Enferrrmons-les en attendant que messirrre rrrevienne.

À ces mots, le sang de Sorce fait un tour complet dans ses veines. Le pirate bondit en position d'assaut, poids également réparti sur les deux jambes, pieds parallèles :

— Pas question ! crie-t-il.

Les gens du château restent un instant ahuris. Diamant proteste :

— Sorce ! Je vous en prie !

Les écuyers n'en demandent pas plus et sautent sur le pirate tous en même temps. Ils le maîtrisent en moins de deux.

Chapitre V

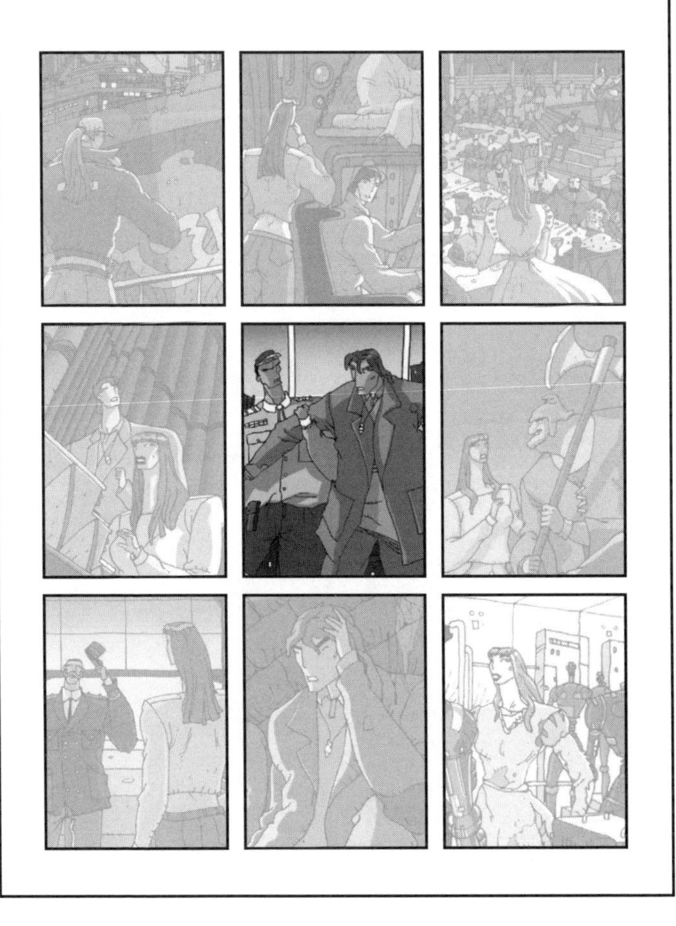

L'épaisse porte du cachot se referme sur Diamant et Sorce. Un verrou est tiré, les pas des écuyers s'éloignent sur les dalles de pierre.

Les prisonniers se tiennent dans le noir presque complet. À part le judas grillagé de la porte du cachot, pas une fenêtre, pas une ouverture. Le plancher est couvert de paille, ça sent la moisissure.

— Où êtes-vous, Diamant ? Il fait noir comme chez le loup.

Une souris couine dans un coin.

— Ici, répond froidement la shérif de l'autre extrémité du cachot.

Mal à l'aise, Sorce se sent obligé d'expliquer :

— Hum... ces écuyers sont plus costauds que les gardes du W3S...

Aux yeux de Diamant, le prestige de Sorce vient d'en prendre un coup.

« À quoi sert d'être ceinture noire de karaté si on ne possède pas la maîtrise de soi », rumine-t-elle, de mauvaise humeur.

Et puisque le pirate aborde lui-même le sujet, aussi bien le vider :

— Quelle mouche vous a piqué, Sorce? Tenter de résister à six hommes, c'est désespéré.

Le pirate s'est énervé, il le sait. Cependant, il ne tient pas à l'admettre. Donc, il se tait.

La souris couine de nouveau.

Le mutisme de Sorce déplaît à Diamant qui se demande dans quelle galère elle s'est embarquée. Afin de servir le W3S, elle s'est jetée tête baissée dans une aventure avec quelqu'un dont elle ne connaît rien. Naturellement, en acceptant cette mission, elle ne pouvait prévoir qu'elle serait projetée dans le Web, interceptée par des écuyers moyenâgeux puis enfermée dans une cellule du cyberespace en compagnie d'un pirate impulsif et fougueux...

Diamant est consciente que le W3S est à des années-lumière du cachot. Le Chefmestre et ses collègues shérifs appartiennent maintenant à un autre monde, ils ne lui sont plus d'aucun secours. Pour sortir de cette impasse, elle ne peut compter que sur elle et sur son compagnon.

Les regrets ne servent à rien, pas plus

que les reproches. D'un ton neutre, la shérif s'adresse au pirate:

— Je vais explorer le cachot pour essayer de...

Diamant laisse sa phrase en suspens. Des frôlements se font entendre contre la porte du cachot.

À partir du couloir, quelqu'un tire le grillage du judas et fait pénétrer davantage de clarté dans la geôle. Par l'ouverture, le Visage masqué en personne apparaît, l'air plus vil que sur n'importe quel écran vidéo.

Chacun à une extrémité de la cellule, les deux compagnons se tiennent cois. Ils ont peine à croire que le bandit qu'ils poursuivent est là, à portée de voix. Jamais ils n'avaient espéré le croiser aussi tôt.

Le Visage masqué se tient de profil et examine l'intérieur du cachot. Son regard de serpent ne discerne pas grand-chose, il fait trop sombre dans la cellule. Les prisonniers, par contre, l'aperçoivent très précisément, ils l'entendent même respirer. La peau bleuie du pirate luit, visqueuse. Les prisonniers ont l'impression que l'infâme visage leur sourit.

Une odeur fade et trop sucrée, presque nauséabonde, s'infiltre par le judas :

« Ça sent la gomme à mâcher... » pense Sorce.

« Saveur de cerise synthétique... » analyse Diamant.

Le Visage masqué referme le grillage du judas. De nouveau, il fait nuit dans le cachot. Les prisonniers entendent glisser un objet de métal. Ils ont la folle impression que le pirate a tiré le verrou de leur cellule.

Incrédule, Sorce s'approche de la porte avec précaution et la pousse. Elle s'ouvre sans offrir la moindre résistance.

Sorce se précipite dans le couloir qui se révèle désert. Le Visage masqué a pris la poudre d'escampette.

— Tonnerre de Web !

Le couloir empeste la gomme à mâcher. L'odeur est tellement suffocante que Sorce se couvre le nez. Diamant émerge du cachot à moitié étouffée :

— Il a dû emprunter l'escalier, râle-t-elle dans une quinte de toux.

Sorce et Diamant grimpent l'escalier en

colimaçon qui leur semble tourner à l'infini. Ils interrompent plusieurs fois leur ascension parce qu'ils se sentent étourdis.

Ils parviennent finalement à l'étage supérieur du château. Pas de trace du Visage masqué. Ils repèrent toutefois la salle où se déroule la fête. Dissimulés derrière un lourd rideau de toile, ils observent les invités.

Le repas est terminé et les gens dansent, joyeux. Si le Visage masqué se trouve parmi eux, il demeure invisible pour l'instant.

Les deux compagnons cherchent une façon de se mêler à la fête. Pour passer inaperçus, il leur faudrait d'autres vêtements. Ils quittent leur cachette et explorent les alentours. D'un signe de tête, Sorce indique une pièce dont la porte est entrebâillée. Ils s'en approchent.

Dans la chambre, une femme file à la quenouille en chantant. De temps en temps, elle balance le berceau d'un enfant. Au pied d'un lit à baldaquin trône un gros coffre. Avec un peu de chance, il devrait contenir des vêtements.

— Je vais ramper jusque derrière la nourrice… chuchote Diamant.

Sorce n'a pas le loisir de protester, la shérif est déjà partie. Pendant que sa compagne progresse, il la surveille, nerveux, se mordant les lèvres. Diamant ouvre le coffre et y prend ce qu'elle peut. Ni vu ni connu, elle revient en rampant.

Les deux compagnons s'éloignent de la chambre pour inventorier la prise : une robe de velours à traîne, une écharpe et une tunique brodée. Sorce mesure la tunique :

— Tonnerre de Web ! chuchote-t-il, furieux.

La tunique est trop juste. Diamant compare la robe. Elle est de la taille de Sorce.

— Pas question que je porte une robe, prévient le pirate.

Diamant commence à s'impatienter. Elle a perdu son soupçon de strabisme si envoûtant, elle regarde Sorce droit dans les yeux :

— Alors je mets la robe et vous vous cachez sous la traîne. Elle est si ample que trois personnes pourraient y loger.

Sorce ne répond pas. Ça devient une habitude.

Histoire de contenir son agacement, Diamant entreprend d'enfiler la robe par-dessus ses vêtements. À vrai dire, elle fulmine. Pendant que Sorce affiche un air d'orignal offensé, le Visage masqué fait la pluie et le beau temps dans les jeux vidéo. La shérif a de la considération pour les compétences informatiques de son compagnon mais, en ce moment, elle le trouve ridicule d'orgueil et d'entêtement.

Pour Diamant, la situation est claire, un seul plan est possible :

— Si vous n'êtes pas d'accord, j'entre seule dans la salle de bal et vous m'attendez ici.

Devant pareil ultimatum, le pirate n'a pas le choix. Pas question pour lui d'abandonner sa complice. Il capitule :

— Je vous accompagne.

Vêtue de la longue robe de velours rubis, Diamant est superbe. Elle entre dans la salle de bal et se mêle à la fête. Elle avance à pas de tortue pour permettre à Sorce de la suivre.

Les gens du château ont terminé leur repas et s'amusent ferme. Dans un coin, un ensemble de viole de gambe, de guitare sarrasine,

de bombarde et de musette les fait danser au rythme d'une pastourelle. Les dames font la révérence, les hommes inclinent le buste puis, tous, ils forment une ronde.

Diamant épie chacun des danseurs, chacun des invités restés à converser autour de la table. Si le Visage masqué se trouve parmi eux, il est bien caché.

Un homme se dirige vers la shérif :

— Gente dame, m'accorrrderrrez-vous cette pastourrrelle ?

Jamais invitation à danser n'a autant embarrassé la shérif. Son sourire contraint ne décourage nullement celui qui propose d'être son cavalier. Le gentilhomme se tient devant elle, aimable et attentif. Il est blond, rasé d'un peu trop près ; une coupure fraîche lui marque le bas du menton.

Diamant plisse les yeux. À deux reprises, elle croit voir le contour de la tête du gentilhomme scintiller. Puis le scintillement disparaît. La shérif conclut que sa vue lui joue des tours, elle doit être fatiguée.

— Euh... excusez-moi, je ne me sens pas très bien, répond-elle.

Elle se hâte de s'éloigner, au grand désespoir de Sorce qui a peine à la suivre.

Diamant contourne l'ensemble musical, elle se tient un peu en retrait, près d'une grande tapisserie brodée à l'image d'une licorne.

— Et le Visage masqué ? demande Sorce d'une voix étouffée.

— Invisible, pour l'instant… Je vois des jongleurs, des acrobates, des avaleurs de sabres… un moine…

Diamant s'interrompt et hume l'air. Une odeur sucrée de gomme à mâcher à saveur de cerise synthétique s'infiltre dans ses narines.

— Le Visage masqué n'est pas loin… murmure-t-elle.

La shérif tourne lentement la tête. L'espace d'une seconde, elle aperçoit le visage bleui de l'infâme à moitié dissimulé par le capuchon d'une bure de moine.

Se sachant débusqué, le pirate vide les lieux en passant par une porte camouflée derrière un rideau.

— Venez, Sorce ! s'écrie Diamant en relevant jupe et traîne.

La shérif et le pirate s'élancent dans la direction où s'est enfui le Visage masqué. Dès qu'ils touchent à la porte, le sol se dérobe sous leurs pieds :

— AAAAAHHHHHH !!!!!!

Les voyageurs sont projetés dans le vide. Leur chute est tellement rapide qu'ils ont le cœur coincé dans la gorge ; elle est si longue qu'ils se mettent à tournoyer. La lumière disparaît. Dans le noir le plus complet, ils sont aspirés.

Un vent mauvais siffle à leurs oreilles :

— WOUUOUOUOUSHHH ! WOUUOUOUOUSHHH !

Précipités dans un entonnoir, ils glissent dans un interminable couloir.

Courants d'air chaud, courants d'air froid, autour d'eux l'atmosphère se liquéfie puis s'épaissit.

Les voyageurs se croient perdus à jamais quand, à leur grand soulagement, ils ralentissent. Ils se mettent alors à flotter comme s'ils descendaient en parachute. Leurs pieds se posent en douceur sur un plancher de bois. Ils ouvrent les yeux.

Chapitre VI

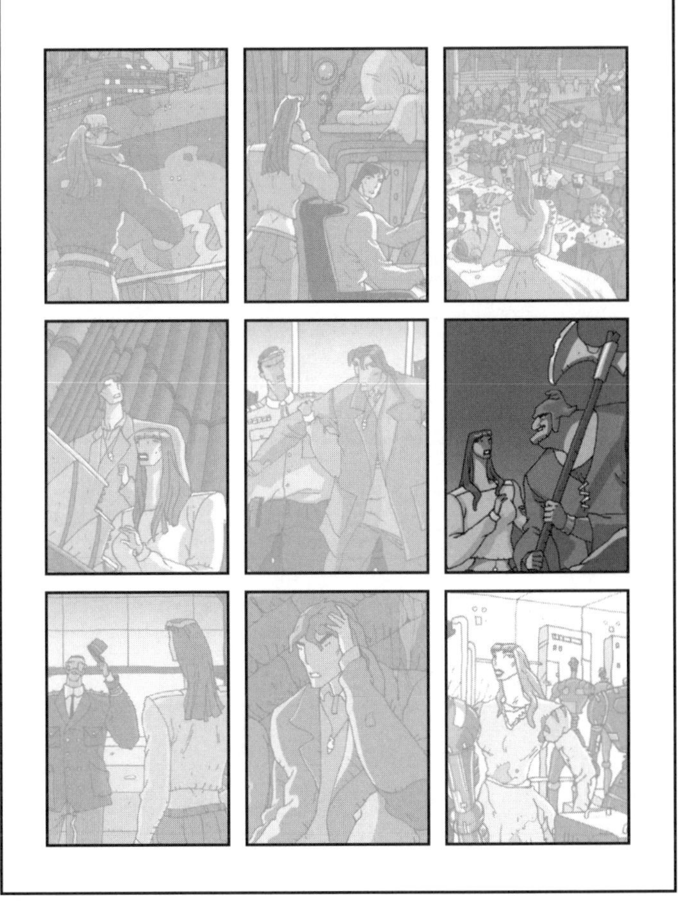

Les deux complices regardent autour, encore étourdis, complètement ahuris, le cœur battant à folle allure.

— La porte… un hyperlien… bredouille Diamant, cherchant son équilibre.

Sa robe est déchirée en plusieurs endroits, la traîne a été arrachée par la violence de la traversée.

Les voyageurs ont atterri sur le quai d'une gare. L'horloge, les bancs, les réverbères, tout est couvert de poussière, tendu de fines toiles d'araignée. L'endroit est étrange, le temps semble s'y être arrêté.

— Un jeu vidéo abandonné...? murmure Sorce à l'adresse de Diamant.

La shérif ne sait que penser. Elle n'a jamais vu de jeu avec un décor pareil. Seule certitude, ils sont dans le Web, dans une de ses milliards de milliards de connexions. Le Web où on trouve du meilleur et du pire. Cette gare pourrait être n'importe quoi.

Le passage de l'hyperlien s'est avéré difficile. Fourbue, Diamant remarque la pâleur inhabituelle de son compagnon. Combien de temps pourront-ils voyager ainsi, s'ils ne capturent bientôt le Visage masqué...

Sorce fait quelques pas mal assurés sur le quai de la station. Il époussette un banc de bois et s'y assoit. Il examine la verrière du toit à laquelle manquent quelques carreaux.

Les deux voyageurs ne disent mot, comme s'ils craignaient de livrer leurs impressions. L'endroit est tellement figé qu'il donne froid dans le dos.

Diamant hésite, puis elle se dirige vers le hall de la gare. Elle en pousse la porte qui ne bouge pas. Elle la tire et découvre qu'elle s'ouvre sur un mur de blocs de ciment. Impossible de sortir.

La shérif a l'impression de se trouver parmi les décors d'une gare. Les rails, pourtant, ont l'air vrai, leur acier brille sous la poussière qui les recouvre.

Diamant retourne vers son compagnon et prend place sur le banc, à côté de lui, pour réfléchir.

— Très habile, ce Visage masqué, prononce Sorce d'un ton sinistre.

La shérif n'aime pas cet endroit, le château était plus rassurant. De nouveau, elle se demande quel intérêt a poussé le vil pirate à les libérer du cachot. Il ignorerait donc que Sorce et elle sont à sa poursuite... À moins que, pour une mystérieuse raison, il désire les avoir à ses trousses...

Tout à coup, une voix beugle dans l'écho de la gare:

— Les passagers pour Alcazar, Madagascar et Saint-Léonard...

Diamant et Sorce se lèvent d'un bond. La voix électroacoustique provient d'un haut-parleur accroché au-dessus de leur tête:

— … sont priés de se rendre sur le quai pour embarquement immédiat…

La shérif et le pirate scrutent les moindres recoins de la station. À part eux, il n'y a personne. Le message est probablement un vestige de l'époque où y circulaient encore des trains. Un enregistrement en boucle, sans doute, qui module à intervalles réguliers.

C'est alors que, dans le hall, des pas résonnent. Drôle de cadence, irrégulière. Un homme en uniforme marine, affublé d'une jambe de bois, apparaît. Il se dirige vers eux :

— M'sieu dame, salue-t-il en soulevant son képi. Beau temps pour voyager. Vos billets, s'il vous plaît.

Diamant et Sorce dévisagent le contrôleur. Ils se demandent d'où il vient puisque la porte du hall est murée. Ils remarquent un scintillement fugace au contour de sa silhouette.

— On n'a pas de billets, répond Diamant.

— Allez vite au guichet. Le train entre bientôt en gare, annonce l'homme.

— Bien sûr, répond Sorce du ton de celui qui sait qu'on le prend pour un imbécile.

Le contrôleur à la jambe de bois s'éloigne en claudiquant. Il chante à mi-voix :

— Tchou ! Tchou ! Le train du nord... Le train du nord... C'est comme la mort...

La shérif attend que l'homme soit à bonne distance pour confier :

— Sorce, ce contrôleur et le gentilhomme qui m'a invitée à danser ont quelque chose de semblable et d'étrange...

Le pirate sait de quoi il s'agit :

— Oui, cette fois, j'ai bien vu une sorte de scintillement qui pourrait trahir la véritable condition de ces créatures...

La shérif interroge son compagnon du regard.

— Des créatures informatiques qu'on pourrait déjouer en sortant de leur champ de vision... La plupart des personnages de jeux vidéo sont conçus de cette façon, précise le pirate.

Diamant est perplexe. Si les dires de Sorce sont justes, cela implique qu'ils auraient pu venir à bout des écuyers... qu'il ne leur était pas nécessaire de se déguiser pour se mêler à la fête... qu'elle aurait pu contourner le gentilhomme qui l'invitait à danser… Plutôt absurde.

— À vérifier… marmonne Sorce, l'air préoccupé.

Pour l'instant, Diamant n'a que faire de ces suppositions. Elle désire tirer au clair l'histoire du billet et se dirige vers le guichet de la station. Derrière elle, Sorce traîne les pieds, absorbé dans ses réflexions à propos du scintillement.

Sur le comptoir du guichet vide, la shérif aperçoit un télégraphe qui transmet un message codé. La gare serait toujours en communication avec le réseau ferroviaire malgré qu'elle soit déserte, poussiéreuse et murée…

Sorce veut retourner vers le quai quand Diamant le retient en lui montrant le télégraphe. Elle lui fait signe d'écouter.

— Vous connaissez le morse ? se surprend le pirate.

— Chuuuuut !

La shérif décode à voix haute :

— La marchandise… sera livrée… par le train… de dix-neuf heures… Votre commande est… à saveur de cerise… comme demandé…

Le Visage masqué n'est pas loin. Sorce et Diamant sont sur le qui-vive.

Ils consultent l'horloge de la gare qui indique 17h59. Un coup d'œil à la voie ferrée leur fait douter que même un simple boggie puisse y rouler. Les rails ont en effet perdu des traverses. Un de leurs segments est disloqué.

— Ce chemin de fer est impraticable. Un wagon ne pourrait qu'y dérailler, remarque Sorce.

C'est à ce moment exact que le coup de sifflet d'un train retentit au loin.

Sans hésiter, nos deux héros cherchent un endroit où se cacher. Ils supposent que le Visage masqué est à bord du convoi pour venir récupérer le colis de gomme à mâcher. L'état de la voie ferrée leur fait craindre un accident.

Le sol tremble, le train se rapproche. Son appel plaintif déchire l'espace.

Diamant repère trois gros contenants de métal qui devaient servir de poubelles. Pour l'instant, ils sont vides et représentent l'abri idéal.

La shérif et le pirate ont à peine le temps d'y sauter et de s'y accroupir. Une énorme locomotive à vapeur, comme il n'en circule plus en Amérique depuis longtemps, entre en gare, empanachée de fumée. Le conducteur a renversé les gaz pour freiner le mastodonte qui chuinte. Ses roues grincent sur les rails de métal.

Dans la gare, la fumée de charbon est à couper au couteau. À travers le nuage, Sorce croit apercevoir une silhouette. Il sort de sa cachette et se couche sur le quai, là où la fumée est moins épaisse. Il distingue alors une paire de souliers de bowling rouges. Les souliers se dirigent vers la consigne. Peu de temps après, ils refont le chemin en sens inverse, suivis d'un chariot qui transporte un énorme colis ficelé.

La locomotive lance un long appel de sifflet, le convoi s'ébranle, le sol tremble aussitôt. Sorce tire Diamant de sa poubelle :

— Sautons dans le train ! Le Visage masqué est à bord !

Les deux complices se précipitent sur le quai. Ils courent à toutes jambes et Diamant réussit à atteindre le marchepied du dernier wagon du train. Elle tend la main à Sorce qui galope à perdre haleine. Le pirate agrippe sa main et saute à côté d'elle !

À bout de souffle, la shérif et le pirate contemplent un instant le débarcadère qui s'éloigne. Puis Sorce entraîne sa compagne à l'intérieur du convoi. Ils n'ont pas une seconde à perdre s'ils veulent rattraper le Visage masqué.

Sorce ouvre la porte du premier wagon. Vide. L'un derrière l'autre, le pirate et la shérif tanguent en avançant dans l'allée, ils se tiennent aux porte-bagages afin de ne pas tomber.

« Étonnant qu'un convoi tiré à vapeur puisse foncer à si grande vitesse », pense Diamant.

Les voyageurs pénètrent dans le deuxième wagon. Vide également. Ils le traversent pour trouver, à son extrémité, le tender à charbon rempli à ras bord. Nul ne pourrait s'y cacher. Plus avant, c'est la locomotive. Le Visage masqué doit y être.

— Pour atteindre la locomotive, il faut escalader le tender… s'inquiète Diamant.

Le train roule à tombeau ouvert.

— En rampant sur le tender, on donnera moins prise au vent, répond Sorce en ouvrant la portière.

Un courant d'air puissant et glacial s'engouffre et les transperce aussitôt. Diamant recule. Dans le vacarme du train qui mange les rails, elle a peur. Elle n'a pas l'entraînement requis pour escalader le wagon à charbon. Elle risque de se rompre les os pour attraper le Visage masqué.

Quant à Sorce, il a déjà agrippé l'échelle de métal qui mène à la cargaison de charbon. Il lutte contre la bourrasque sans se questionner sur le bien-fondé de son entreprise.

Diamant retient son souffle et le surveille. Après de longues minutes d'efforts, il arrive à bon port. Encouragée par la réussite du pirate, la shérif décide finalement de grimper elle aussi.

Sorce et Diamant rampent sur le wagon à charbon. Leur progression est ardue, les morceaux de combustible leur noircissent le corps en les éraflant. Le panache de la locomotive fond sur eux, ils respirent la fumée à pleins poumons. Visages couverts de suie, ils se mettent à tousser.

Les secousses du train sont puissantes. Elles menacent plusieurs fois de les projeter en bas du wagon. Après des efforts surhumains et une série d'acrobaties dangereuses, les deux casse-cou atteignent la locomotive.

Sorce plonge par la fenêtre de la portière :

— Tonnerre de Web, l'abri est vide !

À son tour, Diamant fait irruption dans la cabine de la locomotive, énervée, épuisée. Elle est accueillie par Sorce qui parle et gesticule. Le vacarme des chaudières est tel que sa voix est d'abord inaudible.

— PAS DE CON-DUC-TEUR ! s'époumone Sorce.

L'effroi se lit dans les yeux noirs de la belle shérif. Mêlée au stress et à l'extrême fatigue, la peur donne un cocktail-choc. Diamant est survoltée, elle carbure à l'adrénaline.

À l'exemple de Sorce, la shérif explore la cabine de pilotage pour trouver les freins. Elle tire sur la première manette qui lui tombe sous la main. La locomotive se plaint et siffle à fendre l'âme. Elle ne réduit pas d'un poil sa vitesse.

Confusion totale dans la cabine, les deux voyageurs ne savent où donner de la tête. Ils cherchent, se bousculent et tournent en rond.

Sorce constate que la boîte à feu est pleine. On l'a bourrée comme si on voulait que la locomotive explose. Diamant fouille désespérément tous les recoins. Elle repère le cadran qui mesure la pression des chaudières. Il indique que le seuil critique est atteint. Le train roule à 120 km/h.

La shérif pose une main sur sa poitrine pour contenir les battements de son cœur. Elle se répète qu'elle doit garder son calme. Elle aperçoit alors un levier fixé au plancher et tente de le tirer. Il résiste. En gesticulant, elle demande l'aide de Sorce.

Les voyageurs joignent leurs forces et tirent d'un coup le levier. La locomotive renverse enfin la vapeur :

— Tchchchchhhhh !

Les freins bloquent le mouvement des roues qui se mettent à frotter sur les rails, métal contre métal, produisant des skriiiiiigne... skriiiiigne... perçants.

Diamant et Sorce se bouchent les oreilles pour protéger leurs tympans. Ils grimacent de douleur. Leur supplice est semblable à celui infligé par le crissement d'ongles grattés sur le tableau d'une salle de classe. Mille fois plus aigu, mille fois plus strident. Insupportable.

Agressés par les décibels, les voyageurs s'accroupissent et se recroquevillent. Alors la lumière disparaît.

Dans le noir le plus complet, Diamant et Sorce sont aspirés. Un vent mauvais siffle à leurs oreilles :

— WOUOUOUOUOUSHHH ! WOUOUOUOUOUSHHH !

Les voyageurs sont précipités dans l'entonnoir. Genoux au menton, ils filent le long de l'interminable couloir. Courants d'air chaud, courants d'air froid, autour d'eux l'atmosphère se liquéfie puis s'épaissit :

— WOUOUOUOUOUSHHH !

La shérif et le pirate sont conscients de traverser un autre hyperlien, mais leur passage n'en est pas facilité pour autant. L'hyperlien est étroit et les comprime, ils sont au bord de la crise de nerfs quand...

Chapitre VII

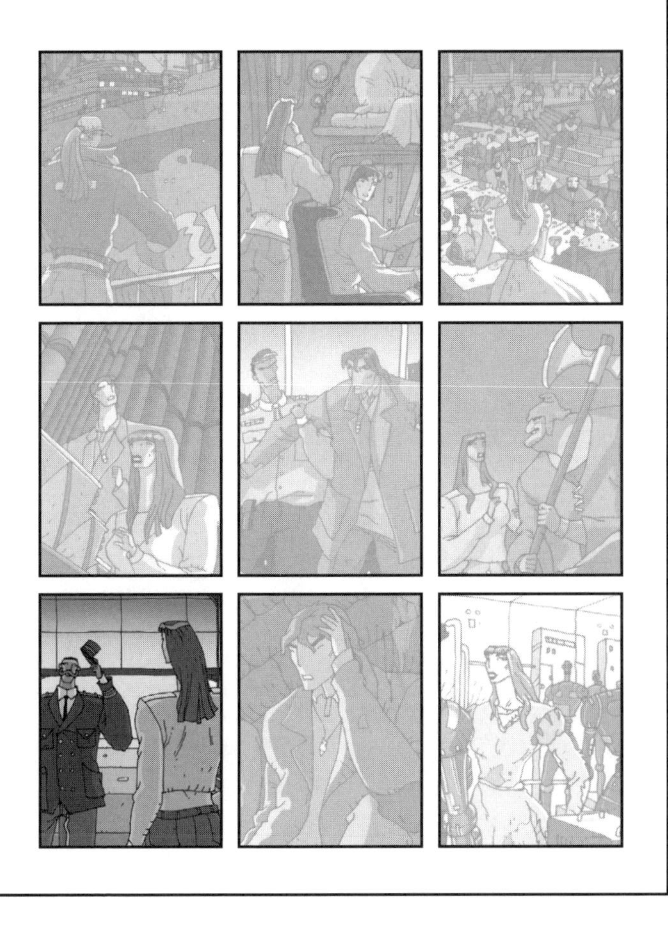

Tout s'apaise comme par enchantement.

Diamant ouvre les yeux et relève la tête. Elle ne file plus sur la voie ferrée, à bord du train. Elle se trouve maintenant parfaitement immobile, accroupie dans une pièce qui ressemble fort à un laboratoire informatique.

La shérif se redresse, couverte de suie, robe en lambeaux. Elle se découvre les oreilles.

Le passage de l'hyperlien était assourdissant. La voix de Sorce lui parvient, feutrée. Elle a l'impression d'avoir de la ouate sur les tympans :

— Le frein à main... un hyperlien... prononce seulement le pirate abasourdi et noir de suie, lui aussi.

Puis, émerveillé, il contemple le paradis où il a atterri :

— Incroyable !...

Il promène des regards de convoitise sur les ordinateurs, les scanners, les robots, les modems. Les ordinateurs ne sont pas des plus récents, mais il s'agit de modèles ultraperformants. Sorce se frotte les mains de plaisir alors qu'il visite le laboratoire.

Il remarque un déviateur de processeur, un extracteur de codes, du brouilleur d'ondes en aérosol, une caméra numérique, des bombes à courrier électronique. Il n'a jamais vu autant d'outils destinés à pirater le Web :

— C'est sûrement le laboratoire du Visage masqué...

— ROBIN VEUT D'LA GOMME ! ROBIN VEUT D'LA GOMME !

Diamant et Sorce ont sursauté. Dans le fond de la pièce, un superbe cacatoès perché sur une antenne parabolique les observe de ses yeux fixes, la huppe dressée, inoffensif.

Le premier moment de surprise passé, Sorce poursuit son recensement du contenu du laboratoire. Curieux, il saisit quelques fioles :

« Hummm… virus chinois en bouteille… une version que je ne connais pas », pense-t-il, fourrant une fiole dans ses poches.

Pendant ce temps, Diamant fait le tour du propriétaire, elle s'intéresse aux livres rangés sur une tablette. Si elle en croit les titres, le Visage masqué aurait un penchant marqué pour le fonctionnement du cerveau et pour la psychologie.

La shérif délaisse les livres et pianote sur le clavier d'un ordinateur avec l'intention de fouiller le contenu du disque dur. Un diagramme labyrinthique apparaît presque aussitôt sur l'écran et attire son attention.

— Tiens, tiens…

Chance inouïe, c'est le plan des jeux et sites infiltrés par le Visage masqué ! Le plan des sites à double fond !

Selon ce diagramme, le territoire cybernétique colonisé par l'ignoble pirate est prodigieux. Une étude rapide du document permet à Diamant de repérer facilement le château et la gare où elle et Sorce ont séjourné. Elle constate que les sites à double fond mènent tous plus ou moins directement au laboratoire. Il lui faut ce plan, un outil-clé pour la capture du bandit.

La shérif donne quelques commandes à l'imprimante.

De son côté, Sorce furète dans un autre ordinateur branché en réseau avec le premier. Il découvre que le Visage masqué contrôle l'entrée de sites Web qui ont des activités hautement répréhensibles.

Il s'agit d'abord d'un site nazi qui propage l'idée que les Blancs sont de race supérieure. Le second site appartient à des trafiquants de lisier de porc, les principaux pollueurs du fleuve où le cargo de Sorce est amarré. Le pirate connaît ces sites pour avoir tenté de les détruire, sans succès, à plusieurs reprises. Il s'explique maintenant leur invulnérabilité.

Sorce sent son âme de pirate vibrer. Des fourmillements dans le bout des doigts, il jette un regard oblique en direction de Diamant. Debout devant l'imprimante, poings sur les hanches, la belle shérif est aussi barbouillée que si elle sortait d'une mine de charbon. Elle attend que la machine lui livre une copie du plan. Elle ne prête pas attention à son compagnon.

Sorce en profite pour taper discrètement quelques lignes de code. Il retire les cadenas et démantibule les pare-feu que le Visage masqué a installés à l'entrée des sites pour les protéger. Adieu invulnérabilité, il est maintenant possible d'attaquer.

Le pirate le plus juste du cyberespace cherche parmi la panoplie d'armes disponibles quand il entend des pas… qui se rapprochent :

— Diamant, allons-nous-en.

L'imprimante tarde toujours à obéir et la shérif s'impatiente, mais elle ne bouge pas. Elle s'obstine à vouloir une copie du plan.

Sorce se hâte d'infecter les sites avec les premiers virus qui lui tombent sous la main : un logiciel espion et un cheval de Troie. Puis il saisit sa compagne par une manche et l'entraîne vers le fond du laboratoire.

— Je veux le plan ! s'entête Diamant.

— Trop tard, on n'a pas le temps !

Les pas se rapprochent encore. Diamant cède, elle se résigne.

Les deux compagnons poussent une porte et restent une seconde figés. Dans le débarras, une centaine de paires d'yeux de verre les observent. Le regard vide, un coyote, un grand-duc, un chat sauvage, un grizzli, une zibeline, un écureuil, un cerf de Virginie et d'autres bêtes ont été naturalisés dans une pose caricaturant leur ancienne vivacité.

Malgré leur dédain pour ce zoo empaillé, le pirate et la shérif s'engouffrent dans la pièce. Une odeur de plumage et de fourrure mités leur colle à la gorge.

Diamant retient une envie de tousser. Elle s'agenouille devant la porte et approche un œil du trou de la serrure. Elle a une vue imprenable sur l'imprimante qui, la traître, crache enfin sa copie du diagramme.

Une silhouette passe dans le champ de vision de la shérif. Elle lui fait dos quelques secondes puis se retourne. Diamant aperçoit deux yeux bleus dans les fentes d'un masque de plastique jaunâtre. Le regard brille, dur et glacial.

— Le Visage masqué, annonce-t-elle, tout bas.

La shérif l'avait imaginé plus grand.

Le bandit est mince, vêtu d'une combinaison grise à fermeture éclair, comme en portent les mécaniciens. Il est chaussé de souliers de bowling rouges et se tient devant une caméra. Diamant en déduit qu'il filme une de ses apparitions. Il s'infiltrerait donc en temps réel…

— Laissez-moi voir, chuchote Sorce.

Diamant abandonne son poste au pirate, afin qu'il voie lui aussi ce qui se passe dans le laboratoire. Sorce observe le Visage masqué un moment puis décide :

— Tenez-vous prête. J'ouvre la porte, je lui saute dessus et je l'arrête.

La shérif n'a pas le temps de discuter, dans le noir Sorce s'est déjà levé. Il tourne lentement et silencieusement la poignée... Il la tourne d'un côté... de l'autre...

Mais... Que fait Sorce ? Il secoue la porte qui se met à ballotter en claquant sur son chambranle. Il la secoue de plus en plus fort ! Il insiste, produisant un bruit d'enfer ! Le Visage masqué ne peut qu'être alerté...

— Pas vrai... commence Sorce.

Et Diamant, qui en a vu d'autres, comprend ce qui se prépare. Elle appuie sur le commutateur du débarras. Sorce apparaît dans toute la splendeur de sa frustration, parmi les animaux empaillés. Sous la suie, il est cramoisi.

— PAS VRAI ! répète-t-il d'une voix plus forte. La porte est verrouillée de l'extérieur ! VERROUILLÉE !!!

Furieux, il martèle la porte de coups de poing.

— Tonnerre de Web de tonnerre de porte !!!! Juste au moment où...

Diamant considère le pirate qui recule. Hors de lui, il prend son élan :

— Je vais la dé-mo-lir ! prononce-t-il entre ses dents.

Et il applique un violent coup de pied à la porte qui résiste. Sorce s'est blessé, il grimace. La douleur attise son impuissance et sa rancœur :

— Vieille porte puante ! Je déteste les portes ! crie-t-il en trépignant. Je ne veux plus en voir une seule pour le reste de ma vie ! Tonnerre de tonnerre de Web ! Mais qu'est-ce que j'ai fait pour mériter ça ? Juste au moment où j'allais capturer le Visage masqué !!!

Diamant observe Sorce, imperturbable. Elle pense que l'ignoble bandit informatique est hors d'atteinte, maintenant.

La colère du pirate s'éteint de façon aussi subite qu'elle s'est allumée. Épuisé, piteux et à bout d'arguments, Sorce se tait. Il s'assoit sur un canapé à moitié défoncé. Il a l'air d'un enfant. Au-dessus de sa tête, le grizzli empaillé sort les griffes et montre les dents.

— Ça va, Sorce ? demande la shérif, sarcastique.

Sorce semble émerger d'un cauchemar :

— Excusez-moi, je ne peux supporter que les objets me résistent, répond-il, tragique.

Le sang-froid de Diamant contraste dangereusement avec le ton de Sorce :

— Ce que moi je ne peux supporter, ce sont les gens qui s'emportent à propos de rien. Ça m'énerve au point que j'ai envie de tout casser. Je vais casser ça, tiens...

En apparence maîtresse d'elle-même, la shérif saisit une chaise, la lève au bout de ses bras et la lance sur le plancher. Les barreaux et le dossier se déboîtent. Puis Diamant se dirige vers une pile de pots de verre et les fracasse un à un en les laissant tomber à ses pieds.

Grisée par sa colère et son indignation, la shérif est dans une forme splendide. Quant à Sorce, il est médusé :

— Calmez-vous, Diamant...

— Me calmer ? ! Je commence à peine à me détendre, répond Diamant d'une voix faussement douce, fixant Sorce droit dans les yeux.

Et la shérif se met à lancer ce qui lui tombe sous la main. Une cuve de métal vole au ras de la tête du pirate, ce qui clôt la démonstration.

— Agréable, n'est-ce pas ? lance Diamant, ironique.

Maladroit, le pirate répond :

— Vous avez tout un tempérament...

— Grâce au vôtre, Sorce, le Visage masqué nous a repérés puis échappé.

Sorce reçoit la remarque en silence, sans sourciller. Diamant a la soudaine et désagréable impression d'avoir abusé. De longues secondes s'écoulent. La shérif et le pirate évitent de se regarder.

L'air abattu, Diamant finit par s'asseoir sur le canapé. Côte à côte, les voyageurs du cyberespace méditent.

Depuis qu'ils ont débarqué dans l'immensité du Web, Sorce et Diamant vivent l'un sur l'autre. Disparu l'espace vital minimal auquel le monde réel les avait habitués. Leur poursuite du Visage masqué exige qu'ils soient constamment sur le qui-vive. Normal que les fusibles sautent de temps en temps. Il reste que se chamailler est inutile. Pour être forts, ils doivent demeurer unis.

— Excusez-moi… commence Diamant les yeux rivés au plancher.

— Non, c'est ma faute, j'ai tendance à agir impulsivement quand je suis énervé.

Diamant pense qu'elle et Sorce ont des caractères très différents. Ils doivent s'entendre sur une méthode de travail, sinon le Visage masqué aura raison de leurs nerfs.

— Si on se consultait avant de prendre une décision, propose-t-elle.

— Entendu, répond aussitôt Sorce, soulagé.

La shérif soupire. Elle se demande jusqu'à quand le pirate pourra tenir sa promesse. Puis une autre question lui vient à l'esprit, une question qu'elle aurait posée plus tôt si les évènements lui en avaient laissé le temps :

— Sorce, les hyperliens fonctionnent-ils dans les deux sens ? Pourrons-nous retourner dans le monde réel ?

Le pirate grimace, l'air désolé :

— Tout est arrivé si vite… Je ne me suis jamais interrogé sur ce point. J'ignorais qu'il était possible d'entrer dans le cyberespace…

— Je comprends, bien sûr…

Diamant songe à sa famille, au Chef-mestre et aux shérifs du W3S. Elle se demande si elle reverra un jour les gens qu'elle aime. Son compagnon partage sans doute la même inquiétude. Pour l'instant, elle juge préférable de ne pas en parler.

— Une chose à la fois. Commençons par nettoyer la suie qui nous couvre, puis sortons de ce débarras, propose la shérif.

Chapitre VIII

Les deux complices s'approchent de la porte du débarras, ils entreprennent de la forcer. Cependant, pour une raison qui demeure obscure, elle reste condamnée, peu importe l'outil utilisé. La seule autre issue possible est une fenêtre obstruée par un panneau d'aggloméré.

Grimpé sur une chaise, Sorce décloue l'aggloméré à l'aide d'une pelle à neige. L'entreprise est longue et laborieuse. Une fois retiré, le panneau réserve une mauvaise surprise :

— Tonnerre de Web ! Une bouche d'aération…

L'ouverture dans le haut du mur est beaucoup plus étroite que celle attendue. Diamant la considère avec appréhension.

La shérif est assez mince pour s'y glisser, mais elle est claustrophobe. L'angoisse d'être enfermée la prend presque chaque fois qu'elle se trouve dans un lieu clos.

Diamant se sent très lasse. Toute la fatigue de son voyage semble sortir d'un coup devant cette nouvelle difficulté.

— On y va ? s'informe Sorce.

— C'est la seule issue… on n'a pas le choix, finit par dire Diamant d'une petite voix. Vous voulez passer devant ?

Sorce serre les dents. S'aventurer dans le conduit ne lui sourit pas davantage.

Le pirate prend appui sur le bord de l'ouverture et s'y hisse d'un mouvement souple. Le corps à moitié engagé dans le conduit, il annonce d'une voix étouffée :

— C'est assez haut pour qu'on avance à quatre pattes.

La nouvelle rassure un peu la shérif.

Diamant jette un dernier regard aux animaux empaillés. Puis elle s'introduit à son tour dans la bouche d'aération. Une boule d'angoisse au fond de la gorge, elle progresse à quatre pattes dans le boyau où règne la plus complète noirceur.

— C'est tapissé de fils d'araignée, signale le pirate.

L'un derrière l'autre, les deux compagnons peinent dans le passage, s'accrochant aux toiles poussiéreuses. Diamant entend Sorce haleter devant elle et se demande s'il a peur. Elle souhaite que le conduit soit partout du même diamètre. S'il rétrécissait, Sorce pourrait rester coincé et elle aussi… Coincés… Ils ne pourraient plus bouger ! Ils seraient pris !

Les pensées de la shérif dérivent et glissent sur la mauvaise pente.

Un désir quasi irrépressible de retourner sur ses pas s'empare de Diamant. Elle a la peur

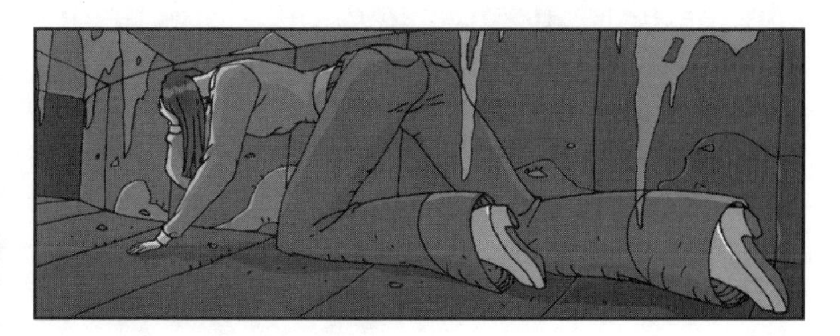

au ventre. Si elle ne stoppe pas sur-le-champ son cerveau emballé, elle éprouvera bientôt de la difficulté à respirer. Déjà, elle se sent oppressée.

Pour contenir son imagination, Diamant s'efforce de visualiser de grands espaces :

«La mer... l'eau... profonde... qui se referme sur m... Non, non... La mer... Les vagues... se brisent et m'entraînent vers le f...»

Tout la ramène à son angoisse. Il lui faut faire diversion :

— Sorce, quel est votre dessert préféré ?

— Le tapioca au sirop d'érable...

Et Diamant progresse dans le conduit en interrogeant son compagnon qui se plie de bonne grâce à ses questions. Elle apprend que le pirate est l'aîné de sept enfants, qu'il est moitié pakistanais, moitié québécois, qu'il aime la musique africaine, qu'il a peur des chats.

Pendant ce temps, dans le boyau, il fait de plus en plus froid. Les deux complices ont les mains et les genoux glacés.

— Je ne peux pas continuer, c'est bouché, dit Sorce.

BOUCHÉ... BOUCHÉ... !!

Dans la tête de Diamant, le mot extrême, celui qu'il ne fallait pas prononcer, sonne tel un glas :

BOUCHÉ... BOUCHÉ...

Diamant perd son contrôle. Elle ne peut tolérer d'être enfermée une seconde de plus dans ce conduit bouché où elle va étouffer. Avec l'énergie du désespoir, d'un geste fou, elle tente de faire demi-tour. L'opération lui donne davantage l'impression d'être coincée. Le souffle saccadé et court, elle ne songe même pas à reculer :

— Pfff... Pfff... Pfff...

Chacune de ses respirations semble être la dernière...

Elle entend Sorce qui se démène. On dirait qu'il frappe du poing un morceau de métal. Diamant perçoit de moins en moins les sons... son ouïe faiblit... elle va perdre conscience... Elle suffoque...

— Je vois un rayon de lumière à travers une grille, annonce le pirate.

* * *

Diamant et Sorce se tiennent serrés l'un contre l'autre pour se réchauffer. Autour d'eux, des carcasses de bœuf évidées et surgelées pendent du plafond. Dans un coin, des centaines de saucisses givrées sont empilées en pyramide.

Après que Sorce eut poussé et fait tomber la grille, il a tiré Diamant du conduit, à demi évanouie. Les voyageurs ont abouti dans ce qui semble être la chambre froide d'une boucherie. Une boucherie du cyberespace??!!!

Diamant est revenue de sa peur, exténuée. Elle grelotte, elle est transie. Sorce claque des dents:

— Je connais ce genre de frigo. Il ne s'ouvre que de l'extérieur, dit-il en exhalant de la buée.

Le cerveau de la shérif est engourdi et fonctionne au ralenti. Il ne génère que deux idées: Sorce l'a sauvée de l'asphyxie, le Visage masqué finira par avoir leur peau.

Enlaçant de son mieux Diamant, Sorce analyse la situation. Ils peuvent retourner dans le débarras en passant par le conduit ou trouver un hyperlien qui les emmènerait dans un endroit moins propice à la pneumonie.

Le pirate opte pour la deuxième solution. Il se dégage de Diamant :

— Je reviens, promet-il.

Il s'avance jusqu'à un chapelet de boudin. Il le touche d'une main bleuie. Il attend. Rien ne bouge.

Sorce choisit alors un jambon suspendu à l'autre extrémité du frigo. Il y pose la main. La froidure lui brûle le bout des doigts. Le jambon est un jambon, tout demeure immobile.

S'il existe, l'hyperlien est ailleurs. Le pirate cherche encore quand…

La porte de la chambre froide s'ouvre par miracle !

Sorce agrippe Diamant par la main et l'entraîne hors du frigo, bousculant quelqu'un.

La shérif et le pirate surgissent au milieu d'une cuisine merveilleusement chaude, qui embaume le homard thermidor et les jarrets de veau à l'italienne. Plusieurs chefs en toque blanche s'affairent autour de poêles et de chaudrons. Un serveur entre en criant :

— L'omelette de la huit, le client la veut plus baveuse !

Sorce et Diamant dégèlent peu à peu, mais leur présence nuit aux activités de la cuisine. Ils finissent par être repérés :

— Qui sont ces gens ? Ils ne font pas partie du personnel ! s'exclame le cuisinier à la toque la plus imposante.

Rôtisseurs, sauciers, serveurs et marmitons se tournent en direction des voyageurs qui reprennent leurs couleurs.

— Sortons d'ici, c'est plus prudent, observe la shérif.

Les deux complices zigzaguent entre les cuisiniers. Le fumet des chaudrons réveille leur ventre qu'ils ont creux depuis longtemps. Sorce rafle deux cuisses de poulet ; Diamant escamote une tarte aux pommes. Ils s'éclipsent par la sortie de secours.

Ils débouchent dans une ruelle encombrée d'un apocalyptique fouillis de déchets technologiques.

— Tonnerre de Web !

Des ordinateurs, tubes cathodiques, circuits imprimés, portables, scanners, imprimantes, téléphones cellulaires et télécopieurs ont été jetés là, pêle-mêle. Ils forment des monticules de plastique, de verre et de métal.

«Une décharge...» pense la shérif.

Trop tenaillés par la faim pour commenter la scène, les voyageurs s'emparent chacun d'un écran d'ordinateur qui leur fera office de banc. Ils s'éloignent du restaurant, s'assoient et improvisent un pique-nique.

Sorce et Diamant ont des appétits d'ogre. Ils partagent leur butin en examinant la place. La ruelle est bordée de maisons de brique rouge à trois étages, toutes semblables, qui donnent directement sur le dépotoir. Pas de balcon ou de jardin, juste des portes et des fenêtres closes.

— Ce décor me rappelle un jeu vidéo, remarque Sorce la bouche pleine.

Diamant se tait.

Dieu seul sait où elle et son compagnon se trouvent, dans quel dédale du Web ils se sont aventurés. Désorientés, ils sont désorientés. Sans points de repère, ils errent dans la toile du cyberespace au gré des hyperliens qu'ils croisent. Leur voyage pourrait s'éterniser.

Quand il a fini de manger, Sorce se lève, s'étire et examine les déchets. Certains des appareils sont écrasés, tordus, éventrés, éclatés, mais la plupart sont intacts, simplement périmés.

La rue du dépotoir est à perte de vue. Au loin, une pelle mécanique et un bulldozer creusent, puis enfouissent les rebuts.

Diamant se remet sur pied à son tour. Elle considère la décharge et inventorie les métaux lourds toxiques qui composent ces cadavres technologiques. Les plomb, cadmium, mercure, antimoine, chrome, zinc, étain, cuivre ont sans doute commencé à se répandre. L'endroit est malsain.

— Pas portés sur la récupération… murmure Sorce.

La shérif révise mentalement le plan des sites infiltrés par le Visage masqué. Elle ne se souvient pas d'y avoir vu de ruelle, de chambre froide ou de restaurant. Pas de dépotoir non plus. Elle a l'impression de se trouver dans les coulisses du réseau de sites à double fond. Si au moins elle possédait une copie du précieux diagramme…

Sorce décide de s'engager dans le seul sentier libre de rebuts. La shérif lui emboîte le pas.

Les voyageurs errent dans la décharge. Leur périple au milieu de ce désert de déchets technologiques dure une dizaine de minutes sans surprise, sans interruption, jusqu'à ce que Sorce aperçoive un drapeau planté sur une pyramide d'ordinateurs. L'étendard arbore une tête de mort.

« Un drapeau de pirate », pense Diamant.

Les voyageurs s'approchent, escaladant les rebuts qui craquent ou déboulent sous leur poids. Dès que Sorce effleure le drapeau, un accord d'orgue fracassant retentit dans le dépotoir, se réverbère sur la brique des maisons. Les notes font éclater des vitres de fenêtre et exploser des écrans cathodiques.

Terrassés par ces ondes surpuissantes qui leur transpercent le plexus solaire, les voyageurs tombent face contre terre parmi les débris. À demi assommés, ils flottent dans les modulations stridentes d'une toccata de Bach.

Sorce porte la main à son front et se lamente :

— J'ai le cerveau en poudre…

Le moindre mouvement accentue les élancements qui trouent le crâne de Diamant.

Alors la lumière disparaît. Dans le noir le plus complet, la shérif se sent aspirée.

Le vent mauvais s'élève et siffle, couvrant les notes de l'orgue :

— WOUUOUUOUUOUSHHH ! WOUUOUU-OUUOUSHHH !

Diamant et Sorce tournoient d'abord dans l'entonnoir, glissent ensuite le long du couloir.

Courants d'air chaud, courants d'air froid, l'atmosphère se liquéfie puis s'épaissit.

— WOUUOUUOUUOUSHHH !

Brusquement, c'est l'accalmie.

La shérif et le pirate redressent le torse avec précaution. Toujours agenouillés, ils ouvrent lentement les yeux. Leurs paupières sont lourdes, elles se referment aussitôt. Épuisés par la traversée éprouvante de ce dernier hyperlien, complètement K.-O., les voyageurs s'affaissent. Ils coulent dans un sommeil de plomb.

Chapitre IX

Diamant et Sorce se réveillent sous une cascade de gouttes de cristal. Suspendue au-dessus de leur tête, la cascade constitue un extraordinaire lustre à pendeloques de verre où étincelle la lumière.

Les deux complices sont étendus côte à côte sur un canapé moelleux, dans ce qui semble être une bibliothèque. Peut-être ont-ils longtemps dormi… Depuis qu'ils ont quitté le monde réel, leurs montres se sont arrêtées, ils ont perdu tout repère.

Sorce s'extirpe des coussins et fait quelques

pas, circonspect. La pièce est éclairée de fenêtres à vitraux, tapissée de livres sur un de ses murs.

Le pirate lève la tête. Il découvre une mezzanine entourée d'une balustrade de bois sculpté. Sur la mezzanine luisent de longs tubes de cuivre, les tuyaux d'un orgue à soufflet.

Diamant s'étire, elle quitte le canapé à son tour. Elle se dirige vers la bibliothèque et, curieuse, y prend un livre. À sa grande stupeur, l'ouvrage s'avère vide. Sa couverture forme un boîtier creux sans la moindre page. Un faux livre...

Elle retire ainsi plusieurs boîtiers : toute la bibliothèque est factice, c'est un trompe-l'œil, une façade.

— Drôle d'idée, murmure la shérif à Sorce.

D'un mouvement du bras, le pirate lui indique la mezzanine. Les tuyaux de l'orgue rappellent à Diamant l'hyperlien qu'ils viennent de traverser. Un très mauvais souvenir. La shérif a l'impression que le mal de tête la reprend.

— Allons voir, propose Sorce.

Ils empruntent l'escalier étroit qui mène au demi-étage. À part l'orgue imposant, la place est meublée d'un secrétaire en bois à multiples tiroirs. Sur le secrétaire, des papiers épars que Sorce parcourt :

— Tonnerre de Web !

Diamant prend connaissance de la feuille que lui tend son compagnon. Elle comprend que le Visage masqué a réussi à s'infiltrer dans une centaine de jeux vidéo en ligne, une offensive qui atteindra une infinité de jeunes joueurs à la fois.

Une épidémie se prépare, il n'y a qu'un moyen de la contrer :

— Il faut retourner au laboratoire, reconfigurer l'ordinateur du Visage masqué, c'est urgent, prononce Diamant.

— Tout à fait d'accord. Vous oubliez cependant un détail : nous ne connaissons pas le chemin qui mène au laboratoire. En fait, nous ignorons où nous sommes, répond Sorce d'un ton où perce le cynisme.

Sans conviction, il continue de fouiller parmi les papiers.

Diamant cherche une solution. Si au moins elle avait pu emporter une copie du diagramme des sites infiltrés par le Visage masqué. Si seulement elle pouvait se souvenir du plan…

La shérif ferme les yeux pour se concentrer. Elle prend conscience de sa fatigue, elle dormirait encore un peu. Dans un effort suprême, elle focalise son attention sur le plan qu'elle n'a aperçu que quelques minutes. Oui, elle le voit… de plus en plus précisément, et… oui, il y a une bibliothèque à l'extrémité droite du diagramme…

— La bibliothèque est attenante au laboratoire, murmure-t-elle.

Déconcerté, Sorce examine sa compagne.

— Je me souviens du plan des sites infiltrés, explique la shérif.

Un coup d'œil circulaire la convainc que le demi-étage n'a pas d'issue. Sorce sur les talons, elle dévale l'escalier jusqu'au rez-de-chaussée. Pas d'issue apparente à ce niveau non plus. Le passage qu'elle cherche pourrait être camouflé…

La shérif entreprend de longer chacun des murs, les palpant et les frappant du poing pour déceler un creux. Sorce saisit l'intention de Diamant et l'imite dans l'espoir de repérer un indice qu'elle aurait pu laisser échapper. Peine perdue. Aucun passage ne se révèle.

Diamant s'assoit sur le canapé, l'air embêté. Elle jurerait pourtant que la bibliothèque communique avec le laboratoire...

Debout au milieu de la pièce, Sorce considère la bibliothèque. Il s'en approche et retire un faux livre des rayons :

« Un semblant de livre... pour un semblant de bibliothèque... »

Le pirate a une intuition soudaine. Il se dirige vers un des pans de la bibliothèque, y appuie une épaule et le pousse de tout le poids de son corps. Rien ne bouge. Il agit de même avec le deuxième pan puis avec le troisième... qui pivote doucement !

La bibliothèque s'ouvre sur le laboratoire du Visage masqué.

Les deux complices retiennent leurs exclamations de triomphe pour jeter un œil prudent dans la pièce. Ça empeste la cerise synthétique, mais le bandit cybernétique est absent. Perché sur une patte, le cou rentré dans les épaules, le perroquet garde la place. Comme s'il reconnaissait les visiteurs, l'oiseau ne s'effarouche pas de leur arrivée.

Sorce s'empresse d'allumer les ordinateurs du laboratoire. Diamant récupère le diagramme des sites infiltrés demeuré sur l'imprimante. Elle le plie et l'enfouit dans sa poche. Elle va rejoindre Sorce qui pianote déjà sur un clavier.

* * *

Les voyageurs du cyberespace ont les nerfs à fleur de peau. Depuis une heure, ils travaillent à reconfigurer l'ordinateur du Visage masqué. Or ils ont à peine abattu le quart de la tâche. Les machines sont lentes, le réseau tricoté plus serré que prévu. Diamant s'inquiète :

— Le Visage masqué peut surgir d'un moment à l'autre.

Aux commandes de l'ordinateur principal, Sorce attend que le processeur exécute la masse d'instructions qu'il lui a données. Il s'impatiente, lui aussi :

— On avance à pas de tortue. Je me demande s'il ne vaudrait pas mieux détruire cet équipement…

La solution est tentante, mais les deux complices sont conscients qu'elle ne serait que temporaire. L'horrible visage n'aurait qu'à se procurer de nouveaux outils pour perpétrer ses mauvais coups.

Le moral des troupes est au plus bas. Au cours de cette heure passée à la remorque de l'informatique, Diamant et Sorce ont eu tout le loisir de faire le bilan de leur mission.

Après avoir été aspirés par le cyberespace, ils se sont lancés à la poursuite du Visage masqué, une filature qui leur a révélé la complexité du réseau tissé par le pirate. Face à ce vertigineux labyrinthe de sites infiltrés ou protégés, communiquant souvent les uns avec les autres, leur course apparaît maintenant risible. Le fuyard connaît son royaume comme le fond de sa poche. Des centaines de cachettes sont à sa disposition, il aura toujours une longueur d'avance sur eux.

Diamant et Sorce doivent adopter une stratégie plus efficace que la simple poursuite. Il leur faut trouver laquelle.

L'ordinateur principal tarde encore à livrer le travail et Diamant décide de fouiller les tiroirs du meuble sur lequel repose la machine. Dans le premier, elle découvre efface, crayons, trombones, feuilles vierges, agrafeuse, nettoyeur à lunettes.

Le second tiroir contient une boîte de gommes à mâcher à saveur de cerise, une petite bouteille remplie d'un liquide bleu visqueux et un disque DVD. Tout au fond, Diamant découvre un masque de plastique jaune qu'elle montre à Sorce :

— Un masque de rechange, suppose-t-il.

Diamant saisit la bouteille et le DVD.

— Vous permettez... demande-t-elle à Sorce, insérant le disque dans le lecteur de l'ordinateur.

Pendant que le système informatique s'affaire à démarrer le disque, Diamant ouvre la bouteille et la porte à ses narines. Elle verse une goutte du liquide sur son doigt, l'étend sur le dessus de sa main. Sa peau se colore en bleu et devient visqueuse, exactement comme celle du Visage masqué :

« Un fond de teint en gelée... Drôle d'idée... »

La shérif entend le disque tourner ; elle

rebouche puis abandonne la bouteille. Le Visage masqué apparaît sur l'écran de l'ordinateur, livrant son message abject et déprimant. Le disque est sans doute une copie de sécurité. Le rapace n'opère donc pas uniquement en direct, il procède aussi en différé…

Le menton appuyé dans une main, Diamant observe l'horrible visage, s'efforçant de garder la tête froide.

— Si nous comprenions ce qu'il raconte, nous saurions comment le mettre en échec… remarque-t-elle après un certain temps.

Sorce n'est pas de cet avis :

— Si les adultes étaient atteints, je croirais à l'importance du contenu du message. Seuls les jeunes sont affectés. On dirait que c'est une question physique. Il faut plutôt étudier la forme du message.

La forme…

Diamant n'est pas certaine de comprendre, quand des paroles de Sorce lui reviennent à l'esprit. Dans le cargo, juste avant qu'ils réussissent à percer le site à double fond, le pirate lui avait confié : *J'ai découvert que la voix est truffée d'infrasons…*

Selon Sorce, l'efficacité du message tiendrait donc à une question de sons...

Sur l'écran, le Visage masqué achève de débiter son boniment, mais Diamant ne l'entend plus. Elle révise un chapitre des cours de physique donnés à l'école : un son est une vibration invisible de l'air... tous les sons ne font pas vibrer l'air à la même vitesse ou à la même fréquence.

Aux côtés de la shérif, Sorce a des réflexions similaires :

— Vous savez ce qu'est une fréquence sonore ?

— Oui, c'est le nombre de vibrations que produit un son, en une seconde par exemple...

Le DVD s'arrête de tourner.

— Je pense que le message du Visage masqué est diffusé sur une fréquence qui n'atteint que l'oreille des jeunes, explique Sorce.

Diamant se lève et arpente le laboratoire :

— Il faudrait pouvoir changer la fréquence du message...

Sorce regarde sa compagne qui va et vient. Elle a raison.

Si on modifie leur fréquence, les ondes maléfiques n'atteindront plus les jeunes. Mais il suffirait que le Visage masqué s'en aperçoive pour qu'il rétablisse cette fréquence et que l'on se retrouve à la case départ.

— Il faudrait aussi changer la direction des ondes... murmure alors Sorce, le visage illuminé.

Un sourcil levé, le regard dans le vide, il résume le problème :

— Les ondes sont dirigées vers les utilisateurs de jeux vidéo, c'est ce qui les rend malades. Supposons que, en plus de changer la fréquence de ces ondes, on en change aussi la direction et qu'on les envoie vers le Visage masqué... Le bandit serait pris à son propre piège !

Cette stratégie paraît plus efficace que l'interminable chassé-croisé avec le bandit informatique. Sorce a le cerveau en ébullition.

Afin de changer la fréquence des ondes, il procédera par essais et erreurs. Il y mettra un certain temps, mais le plan est réalisable. Renverser la direction de ces mêmes ondes, par contre, nécessite l'utilisation d'un appareil qui fasse rebondir ou ricocher… Un appareil branché à la source, directement sur l'ordinateur du Visage masqué…

— Nous avons besoin d'un bouclier-ricocheur, dit Sorce à moitié perdu dans ses pensées.

— Ça existe ? s'étonne Diamant.

— Ça existera sous peu, s'entend répondre le pirate.

Sorce annule aussitôt les tâches commandées à l'ordinateur principal. Il éteint les écrans, les disques durs. Il saisit un crayon, une feuille de papier et se met à griffonner des chiffres, à poser et à vérifier des équations.

Diamant est perplexe. Le pirate va-t-il sur-le-champ inventer l'appareil dont il a parlé ?

Sorce travaille une dizaine de minutes. Il dessine une sorte de soucoupe :

— Maintenant, il me faut des pièces…

Complètement absorbé par son invention, il ne prête aucune attention à la shérif et entreprend de fouiller le laboratoire. Rien de ce qu'il y trouve ne semble convenir.

— Des pièces, il y en a plein la ruelle, rappelle Diamant.

Sorce lève les yeux sur sa compagne qu'il avait presque oubliée :

— Diamant, vous êtes merveilleuse ! Mais… retourner dans la ruelle…

Les voyageurs échangent un regard chargé d'appréhension. Pour retourner dans la ruelle, il faut repasser par l'hyperlien de l'orgue…

Les hyperliens fonctionnent-ils dans les deux sens ? Le moment de vérité est arrivé. Une réponse positive permettrait de réunir les pièces nécessaires à la fabrication du bouclier-ricocheur. Elle donnerait surtout à Diamant et à Sorce la possibilité de réintégrer le monde réel une fois leur mission terminée.

Pour Diamant, le suspense a assez duré :

— Venez.

Elle se dirige vers la bibliothèque et grimpe à la mezzanine où elle s'immobilise devant l'orgue à tuyaux. La crainte de découvrir qu'elle est condamnée à errer éternellement dans le cyberespace tel un satellite sorti de son orbite la fait hésiter.

Les mains tremblantes, la shérif plaque un accord sur les notes blanches du clavier. La

pièce vibre alors que l'air s'engouffre dans les tuyaux de l'orgue.

La lumière disparaît. Dans le noir le plus complet, Diamant et Sorce sont aspirés :

— WOUUOUUOUUOUUOUSHHH !

Chapitre X

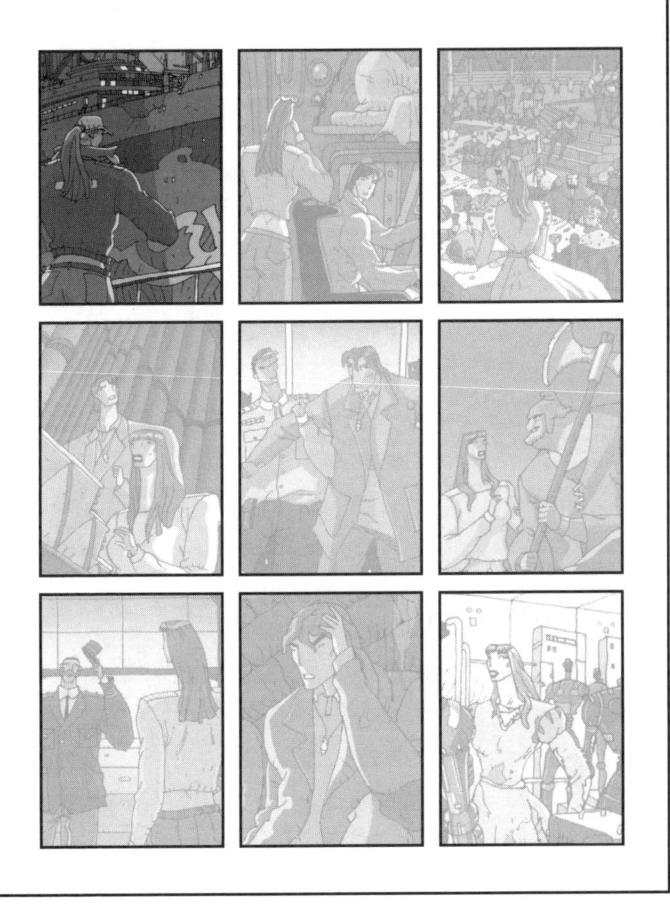

Les voyageurs aboutissent dans la ruelle, euphoriques, frappés d'un mal de tête carabiné. Ils se jettent dans les bras l'un de l'autre, se tapent dans le dos et se félicitent. Les hyperliens fonctionnent dans les deux sens, ils pourront retourner chez eux.

La pression descend d'un cran, Diamant sent monter les larmes. Les yeux dans l'eau lui aussi, Sorce lui sourit :

— Dépêchons-nous avant que le Visage masqué réintègre son laboratoire…

La shérif et le pirate cueillent les pièces

dont Sorce a besoin. Puis ils effleurent le drapeau à la tête de mort et refont le chemin en sens inverse. Les sinus plus que jamais en compote, ils atterrissent dans la bibliothèque, pénètrent dans le laboratoire.

Sorce se met au travail sans perdre une seconde. Diamant n'en peut plus. Elle s'étend à même le plancher, ferme les yeux pour tenter de faire passer sa migraine... céphalée... névralgie... sinusite... Elle n'a pas de mots pour qualifier les pulsations intolérables qu'elle ressent dans son œil gauche à force de traverser des hyperliens. Ces passages toujours étroits, parfois bosselés, rugueux, épineux ou spongieux, ne sont en aucun cas destinés au transport des humains.

Après une heure d'ouvrage, Sorce a modifié la fréquence des ondes et fabriqué un instrument minuscule en forme de soucoupe. Il va réveiller sa compagne.

— Bien dormi ?

La shérif s'étire un peu, son mal de tête a disparu. Elle s'aperçoit que, pendant son sommeil, Sorce a pris soin de la couvrir de sa redingote pour ne pas qu'elle prenne froid.

— Merci pour la couverture.

Sorce lui présente une petite soucoupe cuivrée qu'il tient entre le pouce et l'index. L'objet rappelle les dollars de sable, des oursins aplatis proches parents des étoiles de mer, que l'on trouve sur les rivages de l'Atlantique. La soucoupe est de la même taille que le mollusque et son pourtour est aussi grossièrement dentelé. Il ne manque que le motif à cinq pointes au milieu.

— Diamant, je vous présente le bouclier-ricocheur, une première dans le monde informatique, annonce Sorce. Le Visage masqué va bientôt goûter à sa propre médecine...

Diamant se lève pour admirer l'œuvre de son complice.

— Les ondes maléfiques vont dévier sur ce bouclier. J'ai calculé l'angle de déviation pour que la personne placée devant l'ordinateur soit atteinte.

Sorce insère la soucoupe au cœur des circuits intégrés de l'ordinateur du Visage masqué qu'il a ouvert pour l'opération. Puis il le referme et le revisse.

Le piège est en place, il ne reste plus qu'à attendre que la proie s'y précipite. La prochaine incursion du Visage masqué dans un jeu vidéo sera aussi la dernière.

— Maintenant, allons-nous-en, dit Sorce.

Diamant sort de sa poche le diagramme des sites à double fond afin de repérer le chemin qui comporte le moins d'hyperliens à traverser. Elle le tend à Sorce.

Curieusement, la shérif n'a pas envie de quitter la place, quelque chose la retient. Pendant que Sorce consulte le plan, elle fait un dernier tour dans le laboratoire. Son attention est alors attirée par un cahier à spirale violet, passé jusque-là inaperçu. Elle l'ouvre et le feuillette. Le cahier contient des notes informatiques qu'elle suppose de la main du Visage masqué.

— Oups !

Une page est tombée du cahier. Diamant l'attrape au vol, elle l'examine. Il semble que ce soit le brouillon d'une lettre écrite à la main et datée de l'année précédente. L'écriture est la même que celle du cahier.

La shérif parcourt les premières lignes du texte qu'elle juge inquiétantes :

— Sorce, écoutez...

Et elle lit :

— *Cher ami, comme vous le savez, le monde sera bientôt détruit par les jeunes. L'inexpérience et le désir de changement de la jeunesse mènent l'humanité droit à sa perte… Je suis heureux de vous annoncer aujourd'hui que mes travaux pour éviter la catastrophe ont enfin abouti.*

Sorce lève les yeux du plan des sites infiltrés. Il n'a écouté que d'une oreille distraite :

— Qu'est-ce que c'est ? demande-t-il, interloqué.

— Une lettre que je viens de trouver. Elle n'est pas signée, mais je la crois écrite par le Visage masqué. Ce qu'elle raconte est plutôt insensé…

Diamant poursuit sa lecture :

— *J'ai découvert que l'hémisphère droit du cerveau comporte un point appelé Perfectionniste intégré. Ce point est une sorte de critique négatif qui déverse un flot constant de remarques déprimantes déguisées en vérités.*

La shérif fait une pause pour saisir la portée de ce qu'elle vient de lire :

— Des remarques déprimantes déguisées en vérités…

Sorce, quant à lui, s'intéresse à l'aspect physiologique :

— Le cerveau comporterait un genre de bouton à idées noires. Je ne savais pas que ça existait. Et vous ?

— Euh… non…

La shérif se rappelle tout à coup les livres du Visage masqué, son intérêt pour le cerveau et la psychologie. Elle a peur de comprendre.

De plus en plus intrigué, Sorce s'est approché et lit la suite de la lettre par-dessus l'épaule de Diamant :

— *D'après mes recherches, le Perfectionniste intégré peut être facilement suractivé. Il diffuse alors à perpétuité des messages qui découragent à jamais la personne atteinte. Et le plus merveilleux est que ce travail de sape s'effectue totalement à l'insu de sa victime.*

Décourager les jeunes, le projet est immonde. Penser qu'on puisse manipuler le cerveau des humains révolte Diamant et l'angoisse. Elle en a la nausée.

Sorce, lui, est furieux :

— C'est dégoûtant. De toute l'histoire de la piraterie informatique, jamais un hacker ne s'est attaqué à des jeunes. Ce comportement est contraire au code de conduite de la communauté cyberpunk.

Assommée par l'ampleur de la perversion, la shérif s'appuie au mur le plus proche. Le Visage masqué est malade, c'est un psychopathe, un être gravement perturbé. C'est aussi un homme rongé par la peur. Ce qui explique qu'il ait l'esprit aussi tordu. Une vraie pitié ! Mais qui fait des dégâts…

Sorce prend la feuille des mains de sa complice. Au verso, il découvre un dernier paragraphe qui ne laisse plus aucun doute quant à la nature des activités du bandit informatique :

— *Exemples de messages diffusés par le Perfectionniste intégré :*

Tu n'es pas capable.
Pour qui te prends-tu ?
Tu vas faire rire de toi.
Ça ne donne rien d'essayer.
Tu ne vaux rien.
Tu n'y arriveras jamais.
Tu manques d'intelligence.
Tu n'as pas de talent.

Le pirate grimace, écœuré. Il replie la lettre.

Voilà donc les idées négatives que le Visage masqué martèle dans l'esprit des jeunes joueurs avec ses ondes maléfiques. Sans savoir pourquoi, les jeunes doutent d'eux-mêmes, étouffent leurs rêves, n'osent plus agir. Paralysés par leur Perfectionniste intégré suractivé, ils s'enfoncent dans la dépression au point de cesser de manger.

— Quel gâchis, murmure le pirate.

La belle shérif pose son regard noir sur son compagnon, traînant dans l'œil gauche un soupçon de strabisme. Puisque les méthodes du Visage masqué sont maintenant connues, les médecins pourront soigner les victimes du syndrome du VM. Cette pensée ne suffit cependant pas à réconforter la jeune femme. Elle est à bout.

— Ça va ? s'informe Sorce.

Diamant fait oui de la tête. Le pirate prend la main de sa compagne :

— Partons d'ici au plus vite.

* * *

Au Centre de contrôle du W3S, un soleil éblouissant entre à pleines fenêtres, obligeant les shérifs à baisser les toiles pour lire leurs écrans.

Il est presque midi et, pourtant, Charles, le doyen des shérifs, n'est pas complètement réveillé. Il a fait de l'insomnie toute la nuit. Une tasse de café brûlant dans une main, une chemise cartonnée dans l'autre, il se dirige vers la salle de conférences pour assister à une réunion extraordinaire convoquée par le Chefmestre.

En passant devant le bureau de Diamant où le courrier s'accumule, Charles ralentit, la gorge serrée. La belle shérif a disparu il y a bientôt trois semaines sans laisser la moindre trace.

Depuis cette disparition, toute l'équipe du W3S est en deuil. Le Chefmestre surtout est inconsolable et se sent responsable du drame. Il ne cesse de répéter que sa décision d'associer Diamant à Sorce est à la source de la tragédie. Au centre de contrôle, le climat de travail est sinistre.

Charles s'arrête et dépose sa tasse sur le bureau, le teint plus gris que d'habitude. Il rétablit un semblant d'ordre parmi les papiers. Dans le fouillis du pupitre, il aperçoit le bloc-notes sur lequel la shérif a griffonné :

Sorce, quartier du port, hangar 23, côté sud.

« J'aurais dû accompagner Diamant », se reproche Charles.

Les policiers chargés d'enquêter sur la disparition de la shérif ont ratissé le port. Ils sont montés à bord du cargo où Diamant avait rendez-vous et l'ont fouillé de la quille à la cheminée. Ils n'ont trouvé aucun indice, à part un ordinateur qui chauffait dans la cale, l'écran en veille.

Charles récupère sa tasse, il avale une lampée de café.

D'après les informations que le W3S a pu obtenir des enquêteurs, le système informatique était branché sur le site Web d'un jeu vidéo ayant pour décor un château médiéval. Le système était en parfait état, à part la souris et un mini-périphérique qui, tous deux, avaient fondu. À la suite de cette perquisition, les policiers ont cadenassé le cargo.

« Dommage, je serais curieux d'examiner de près ce système... »

Le W3S fait des pieds et des mains pour éviter que cette affaire de disparition ne s'ébruite. Et mène sa propre enquête. Un avis de recherche international confidentiel a en effet été lancé sur le Web. La réunion convoquée par le Chefmestre doit divulguer les résultats de ces investigations.

Charles consulte sa montre. Il a devant lui quelques minutes. Il tire la chaise, s'assoit au bureau de Diamant et allume une cigarette. Il en prend une bouffée, puis l'écrase sous la semelle de son soulier. Il revoit l'entrée fracassante de Sorce au Centre de contrôle, se débattant aux mains des gardes :

« Un garçon courageux… »

Le pirate aussi manque à l'appel.

Au W3S, chacun tente d'élucider le mystère et échafaude sa théorie. Les rumeurs vont bon train. Le Chefmestre, par exemple, soupçonne Sorce d'avoir séduit et enlevé Diamant. Une version de l'histoire que Charles trouve trop romantique. Une autre version, officieuse celle-là, voudrait que les deux partenaires aient été aspirés par le cyberespace :

« Complètement farfelu… »

Dans cette triste saga, une seule bonne nouvelle. Depuis la disparition de Diamant et de Sorce, le Visage masqué n'a jamais été revu dans la moindre trame du moindre jeu vidéo. Aucun nouveau cas du syndrome du VM n'a été signalé. Au W3S, on suppose que la shérif et le pirate ont réussi à neutraliser le bandit avant de disparaître on ne sait où ni pourquoi.

Charles se lève, replace la chaise sous le bureau de la shérif. Il soupire, reprend possession de sa tasse de café et de son dossier cartonné. Les yeux tournés vers les fenêtres panoramiques, il contemple un instant le ciel d'azur sans nuages. La croix plantée à la cime de la montagne étincelle au soleil.

« Je ne laisserai pas le Web accoucher d'une autre légende... Je tirerai cette affaire au clair... » décide-t-il.

Table des matières

Achevé d'imprimer
sur les presses de AGMV Marquis